EX LIBRIS

Aus der Bibliothek von:

Die drei !!!

Die drei !!!

Henriette Wich

Die drei !!!

Diebe in der Lagune

Kosmos

Umschlaggestaltung von Natascha Römer-Osadtschij, München
Umschlagillustration von Friedhelm Steinen-Broo, eSTUDIO CALAMAR

Weitere Bände dieser Reihe siehe S. 129

MIX
Papier aus verantwortungsvollen Quellen
FSC® C014138
FSC
www.fsc.org

Gedruckt auf chlorfrei gebleichtem Papier

ISBN: 978-3-440-12656-1

Redaktion: Anna-Maria Bodmer
Produktion: DOPPELPUNKT, Stuttgart
Satz: DOPPELPUNKT, Stuttgart
Printed in the Czech Republic / Imprimé en République Tchèque

Die drei !!!

Diebe in der Lagune

Erinnerungen

Von wegen Wonnemonat Mai! Marie kuschelte sich fröstelnd in ihr cremefarbenes Kaschmirjäckchen, das sie mit Shorts aus dunkelblauem Samt und blickdichten schwarzen Strumpfhosen kombiniert hatte.
Sie stand am Erkerfenster ihres neuen Zimmers und sah in den weitläufigen Garten hinab. Die alten knorrigen Buchen, die kleinen Tannen und Fichten ließen traurig ihre Zweige hängen. Der frisch angesäte Rasen schimmerte froschgrün und die Rhododendronbüsche trieften vor Nässe. Seit Marie vor zehn Tagen mit ihrem Vater, seiner Lebensgefährtin Tessa und deren Tochter Lina in die Villa im Ostviertel gezogen war, regnete es beinahe ununterbrochen.
Marie kehrte dem schlechten Wetter den Rücken und sofort hellte sich ihre Laune auf. Ihr neues Reich war perfekt. Das Südzimmer war größer als ihr früheres Zimmer im Penthaus und wurde selbst an einem Regentag wie heute mit Licht durchflutet. Es hatte einen kleinen Balkon und das Beste: ein eigenes Bad! Vorbei die Zeiten, in denen Lina Marie an den Rand des Wahnsinns getrieben hatte, weil sie wieder mal stundenlang das gemeinsame Badezimmer blockierte.
Lächelnd startete Marie einen Rundgang durchs Zimmer. Ihre Möbel machten sich ausgesprochen gut in der neuen Umgebung. Der weiße Kleiderschrank mit den Schiebetüren war durch ein Anbauelement ergänzt worden, damit er die volle Breite der rückwärtigen Wand einnahm. Über dem Schlafsofa hing jetzt ein kleiner Kronleuchter mit türkisfarbenen Steinen. Auch der flauschige Teppich auf dem Parkettboden war türkis. Die orangefarbenen Kissen in der Sitzecke beim Erker passten super dazu. Kim und Franzi, ihre besten Freundinnen

und Kolleginnen vom Detektivclub *Die drei !!!*, kamen gleich zu Besuch und würden bestimmt begeistert sein.
Marie setzte sich im Schneidersitz auf ihren Bürostuhl und ließ ihn ein paar Mal kreisen. Als sie den Stuhl stoppte, fiel ihr Blick auf die Kommode neben dem Schlafsofa. Drei Fotos in schlichten, silbernen Rahmen standen dort, Fotos ihrer Mutter, die dieses Zimmer nie betreten und auch die Villa niemals kennenlernen würde. Anne Grevenbroich war vor vielen Jahren bei einem tragischen Autounfall gestorben. Marie war damals erst zwei Jahre alt gewesen. Trotzdem konnte sie sich noch an das Lachen ihrer Mutter erinnern und an ihre weiche, zärtliche Stimme. Auf einmal vermisste Marie ihre Mutter so sehr, dass ihr in dem großen Zimmer die Luft zum Atmen fehlte.
Schnell stand sie auf, ging hinüber zur Stereoanlage und legte eine CD der *Beatles* ein, wählte automatisch das richtige Lied und drückte anschließend die Repeat-Taste. Paul McCartney begann, *Let It Be* zu singen. Marie verzog sich in die Sitzecke und lauschte dem Lieblingslied ihrer Mutter. Inzwischen war es ein kleines Ritual geworden: Immer wenn sie sich nach ihrer Mutter sehnte oder Angst hatte, die Verbindung zu ihr könnte nach dem Umzug getrennt werden, hörte sie sich *Let It Be* an. Das ließ Maries Trauer nicht verschwinden, aber es machte sie erträglicher und die Einsamkeit war danach nicht mehr ganz so schlimm.
Plötzlich klopfte es an der Tür. »Störe ich dich?« Helmut Grevenbroichs Stimme klang ein wenig dumpf und zögernder als sonst.
Jeder andere Mensch hätte in diesem Augenblick gestört, nur ihr Vater nicht. Marie tupfte sich vorsichtig zwei Tränen aus den Augenwinkeln, damit ihre Wimperntusche nicht verlief. Dann rief sie so munter wie möglich: »Komm rein!«

Kaum hatte Herr Grevenbroich das Zimmer betreten, füllte er es mit seiner hochgewachsenen, schlanken Figur und seiner Aura. Als Hauptkommissar Brockmeier in der Fernsehserie *Vorstadtwache* flogen ihm seit Jahren die Herzen der Krimifans zu. Maries Vater war berühmt und verdiente so viel Geld, dass er seiner Tochter fast jeden Wunsch von den Augen ablesen konnte. Aber den größten Wunsch, dass ihre Mutter wieder lebendig wurde, konnte auch er nicht erfüllen.
Marie war ihm dankbar dafür, dass er jetzt nichts sagte. Helmut Grevenbroich kam leise herüber, setzte sich neben sie, legte den Arm um ihre Schultern und gemeinsam hörten sie sich *Let It Be* an. Als zum dritten Mal das Piano-Intro begann, räusperte er sich. »Weißt du, dass deine Mutter immer davon geträumt hat, in einem Haus am Waldrand zu wohnen? Sie mochte das Rauschen der Blätter im Wind.«
»Genau wie ich«, flüsterte Marie und bettete den Kopf auf die Schulter ihres Vaters.
Helmut Grevenbroich strich ihr sanft übers Haar. »Sie wäre hier glücklich gewesen. Das glaube ich ganz fest.«
Die Vorstellung tröstete Marie. Auf einmal hatte sie fast keine Angst mehr, denn sie war sich sicher, dass die Erinnerungen an ihre Mutter auch im neuen Zuhause nicht verblassen würden. Marie konnte sie aus ihrem tiefsten Inneren hervorholen und jederzeit mit ihrem Vater darüber reden.
»Ich hab übrigens eine Überraschung für dich«, sagte Helmut Grevenbroich.
Neugierig hob Marie den Kopf. Sie hatte gar nicht bemerkt, wie ihr Vater eine kleine, braune Schachtel aus der Hosentasche gezogen hatte. »Sag bloß, das sind die Ohrringe, die ich dir gestern im Schaufenster gezeigt habe?«
Helmut Grevenbroich lachte. »Nein! So schnell bin ich nun auch wieder nicht. Aber du hast recht, es ist ein Schmuck-

stück, ein ganz besonderes, das ich vor vielen Jahren gekauft habe.« Feierlich klappte er die Schachtel auf. Auf rotem Samt schimmerte ein goldener Ring mit einem blau-grün marmorierten Stein.
»Ist das … ist das etwa ein Opal?« Marie hatte einmal gelesen, dass dieser Edelstein äußerst positive Wirkung auf seinen Träger ausübte und als Stein der Treue und Wahrhaftigkeit galt.
Helmut Grevenbroich nickte. »Ja. Ich habe den Stein auf einer Griechenlandreise entdeckt und in Deutschland fassen lassen. Es ist der Verlobungsring deiner Mutter.« Bevor Marie wusste, wie ihr geschah, steckte ihr Vater den Opal an ihren linken Ringfinger. Ohne einen einzigen Ruck glitt er an die richtige Stelle. Er passte, als wäre er für sie gemacht worden.
Marie war so überwältigt, dass sie kein Wort herausbrachte.
»Ab heute gehört der Ring dir«, sagte Helmut Grevenbroich.
»Er ist mein Versprechen an dich, dass es auch in Zukunft ein Band zwischen deiner Mutter, dir und mir geben wird. Ein Band für immer.«
Marie fühlte sich reich beschenkt. Es hätte auch ein Ring aus dem Kaugummiautomaten sein können, das hätte nichts daran geändert. Hauptsache, er gehörte früher ihrer Mutter.
»Du sagst ja gar nichts.« Helmut Grevenbroich sah sie unsicher an. »Gefällt er dir nicht?«
Marie schüttelte den Kopf. »Wie kannst du so was denken? Er ist wunderschön. Danke!« Sie breitete die Arme aus und fiel ihrem Vater um den Hals.
»Meine Prinzessin«, flüsterte Helmut Grevenbroich.
Und Paul McCartney sang:

And when the night is cloudy
There is still a light that shines on me
Shine until …

Mitten im Satz brach die Stimme des Sängers und mit ihr die Musik ab. Es war, als hätte jemand all die menschliche Wärme, die im Raum schwebte, brutal in Eiswasser getaucht. Erst nach ein paar Sekunden begriff Marie, was passiert war.
»Stromausfall – nicht schon wieder!«, stöhnte sie.
Die neuen Elektroleitungen hatten mal wieder den Geist aufgegeben. Seit dem Einzug gab es ständig Probleme mit Kurzschlüssen und kleineren Stromausfällen.
Helmut Grevenbroich verzog das Gesicht zu einem angestrengten Grinsen. »Keine Sorge, das wird sich bald ändern. Ich hab schon die Handwerker bestellt. Sie kommen spätestens übermorgen und reparieren die Leitungen.«
»Wenn sie den Termin nicht zufällig wieder vergessen«, murmelte Marie.
Im Laufe der umfangreichen Sanierungsarbeiten in der Villa war leider einiges schiefgelaufen und es hatte immer wieder unerwartete Verzögerungen gegeben. Das war der einzige Nachteil, wenn man eine schlossähnliche Villa kaufte, die bereits etliche Jahre auf dem Buckel hatte: Man war der Gunst der Handwerker hilflos ausgeliefert.
»Immer schön positiv denken«, sagte Helmut Grevenbroich und versuchte sich damit offenbar selbst Mut zu machen.
In diesem Moment wurde die Tür aufgerissen. Lina stürmte ohne anzuklopfen herein. Und da sollte man positiv denken!
»Was willst du denn schon wieder hier?«, fragte Marie mit hochgezogenen Augenbrauen. »Merkst du nicht, dass du störst?«
Lina hörte gar nicht hin. Ihre rotblonden, klatschnassen Haare sahen aus wie Spaghetti, die man zu lange gekocht hatte. Um die Schultern hatte Lina Maries pinkfarbenes Lieblingshandtuch drapiert. Den Fön mit Lockenaufsatz hielt sie wie eine Waffe in der rechten Hand. »Bei dem Regen kann ich

unmöglich mit nassen Haaren raus. Jetzt komme ich zu spät zu meiner Kletter-AG. Das geht nicht!«

»Reg dich wieder ab«, sagte Marie kühl. »Es gibt wirklich tausend wichtigere Dinge im Leben als deine Kletter-AG.«

Lina richtete die Spitzen des Lockenaufsatzes auf Maries Brust. »Falls du es noch nicht bemerkt haben solltest: Es dreht sich hier nicht mehr dauernd alles nur um dich!«

Lina hatte einen wunden Punkt getroffen. Marie kam zwar mittlerweile mit Tessa und Lina ganz gut klar, trotzdem gab es ab und zu Gelegenheiten, bei denen sie eifersüchtig wurde. Wenn ihr Vater mit Tessa, die Kamerafrau war, über eine lustige Geschichte beim Dreh lachte. Oder wenn Lina beim Abendessen auf den Schoß von Herrn Grevenbroich kletterte. Es war manchmal nicht leicht, ihren Vater, mit dem sie so lange zu zweit im Penthaus gelebt hatte, plötzlich mit zwei anderen Menschen teilen zu müssen.

»Raus hier – sofort!«, sagte Marie so beherrscht wie möglich. Vor der zwölfjährigen Lina wollte sie sich auf keinen Fall anmerken lassen, wie verletzlich sie war.

»Was ist denn hier los?« Plötzlich stand Tessa im Zimmer. Mit ihren löchrigen Jeans und dem ockerfarbenen T-Shirt aus der aktuellen *Think-Nature*-Frühjahrskollektion, die sie selbst designte, sah sie unglaublich jung aus.

»Lina ist einfach hereingeplatzt und hat Theater gemacht, bloß wegen dieses lächerlichen Stromausfalls«, erzählte Marie.

»Ich hab kein Theater gemacht, ich hab einen wichtigen Termin!«, verteidigte sich Lina.

Ihre Mutter fuhr sich nervös durch die kurzen, braunen Haare. »Kommt bitte wieder runter – beide! Wir haben alle gerade eine stressige Zeit. Auch bei Helmut und mir liegen die Nerven blank. Trotzdem sollten wir versuchen, wie zivilisierte Menschen miteinander umzugehen.«

»Okay«, lenkte Marie ein. Im Grunde musste sie Tessa recht geben. Vielleicht hatte sie wirklich ein bisschen überreagiert, was Linas Verhalten natürlich noch lange nicht entschuldigte. »Du kannst hierbleiben, Lina. Ich muss sowieso runter in die Küche und eine Kanne Früchtetee aufsetzen.« Mit hocherhobenem Kopf stolzierte sie an der verblüfften Lina vorbei zur Tür.
Im Rausgehen bekam sie noch mit, wie ihr Vater Lina anbot, sie schnell mit dem Auto zu ihrer AG zu fahren. Helmut Grevenbroich war einfach viel zu nett für diese Welt, aber gerade deswegen liebte Marie ihn ja auch so sehr.

Als sie kurz darauf ein großes Tablett mit Teekanne, Stövchen, Tassen und einer Schale Schokomuffins beladen hatte, klingelte es an der Haustür. Kim und Franzi waren da! Marie hatte ihre Freundinnen eingeladen, um ihnen die frisch renovierte Villa und ihr neu eingerichtetes Zimmer zu zeigen. Bei der Gelegenheit wollten die drei !!! auch gleich ein Clubtreffen abhalten. Ihr letzter Fall war bereits eine ganze Weile her und Marie fehlte der Nervenkitzel, den die Detektivarbeit mit sich brachte.
»Herzlich willkommen, die Damen!« Marie machte eine übertriebene Verbeugung vor ihren Freundinnen, die zwischen den Säulen der Eingangstür Schutz vor dem Regen suchten. »Darf ich Ihnen mein Schloss zeigen? Nach Ihrem letzten Besuch haben wir ein paar Verschönerungen vorgenommen. Nicht der Rede wert natürlich …«
Franzi klappte geräuschvoll ihren Regenschirm zu. »Können wir die Höflichkeitsfloskeln auf später verschieben? Lass uns einfach rein, bevor wir hier draußen davonschwimmen.«
»Danke!«, sagte Kim, während sie sich fröstelnd in die Eingangshalle drängte. Dort blieb sie mit offenem Mund stehen.

»Ich glaube, ich mache gerade einen Zeitsprung vom Mittelalter in die Moderne. Wie habt ihr denn das geschafft?«
»Ach, das war gar nicht so schwer«, behauptete Marie.
In Wirklichkeit hatte es ganz schön lange gedauert, die altersschwache Villa wieder auf Vordermann zu bringen. In der Eingangshalle mussten sämtliche Teppiche herausgerissen und durch italienische Terrakottafliesen ersetzt werden. Außerdem waren die düsteren Ölgemälde beseitigt, brüchige Stellen im Mauerwerk aufgefüllt und alle Wände cremefarben gestrichen worden.
Marie nahm ihren Freundinnen die nassen Regenanoraks und Schirme ab und ließ sie in der Garderobe unter der Treppe verschwinden.
Franzi pfiff durch die Zähne. »Jetzt sieht euer Haus wie eine dieser schicken Villen in den Fernsehkrimis aus. Hier könnte man glatt einen Film drehen.«
»Gerne«, sagte Marie sofort. »Ich wüsste auch schon eine Besetzung für die junge Kommissarin: mich!« Die Idee war gar nicht so abwegig. Marie nahm seit einiger Zeit Schauspiel- und Gesangsstunden.
Kim musste lachen. »Manchmal wünschte ich, ich hätte nur halb so viel Selbstbewusstsein wie du.« Obwohl Kim den Detektivclub gegründet hatte und der Kopf der *Die drei !!!* war, hatte sie manchmal mit Selbstzweifeln zu kämpfen. Das lag wahrscheinlich an ihrem ausgeprägten Perfektionismus.
»Bescheidenheit ist auch eine Zier«, murmelte Franzi. »Zeigst du uns jetzt endlich das renovierte Haus?«
Marie warf Franzi einen leicht beleidigten Blick zu. »*Ihr* habt mich mit euren Fragen davon abgehalten. Also dann: Auf zur Schlossführung!« Marie ging mit ihren Freundinnen vom Erdgeschoss bis zum Dachboden durch sämtliche Räume der weitläufigen Villa.

Kim und Franzi hatten noch gut in Erinnerung, wie das Gebäude vor der Sanierung mit den Möbeln der früheren Besitzerin, einer alten Dame, ausgesehen hatte. Die Räume hatten verstaubt, düster und überladen gewirkt. Davon war nichts mehr zu spüren. Alles wirkte jetzt hell, luftig und großzügig. Besonders das Wohnzimmer war nicht mehr wiederzuerkennen. Die verschnörkelte Stuckdecke und der Kronleuchter kamen in Kombination mit den wenigen, schlichten Designermöbeln viel besser zur Geltung. Und die drei Bäder erstrahlten mit ihren weißen Fliesen in völlig neuem Glanz. Ein Highlight war auch der riesige Ess- und Wohnbereich mit dem frei stehenden Küchenblock. Kim und Franzi kamen aus dem Staunen gar nicht mehr heraus.

»Das ist der absolute Wahnsinn!« Kim ließ sich am Ende der Führung erschöpft in Maries Sitzecke fallen. »Alles ist so riesig und so wunderschön.«

»Ja, die Villa ist wirklich super«, sagte Franzi. »Für dich ist sie perfekt, Marie. Aber ich würde unser verwinkeltes Bauernhaus trotzdem nicht gegen deine Villa eintauschen wollen.«

Familie Winkler lebte am Stadtrand im Grünen. Franzis Vater war Tierarzt und auch Franzi liebte Tiere. Sie besaß ein eigenes Pony und ein Huhn. Außerdem hatten die drei !!! im alten Pferdeschuppen, der auf dem großen Grundstück stand, das Hauptquartier ihres Detektivclubs eingerichtet.

»Freut mich, dass es euch hier gefällt«, sagte Marie. Sie schenkte Früchtetee in die Tassen und bot Muffins an. Dabei leuchtete der Opal an ihrem linken Ringfinger kurz auf.

»Und einen neuen Ring hast du auch?«, sagte Kim aufgeregt. »Zeig doch mal her!«

Marie steckte ihre Hand aus, damit Kim und Franzi den Ring aus der Nähe bewundern konnten. Dann stellte sie die Schale ab und erzählte, welche Geschichte hinter dem Ring steckte.

Sie musste immer wieder Pausen einlegen, weil ihre Stimme leicht zitterte.
»Das schönste Geschenk, das dir dein Vater je gemacht hat«, sagte Franzi leise.
»Ja«, sagte Marie. Danach schwiegen alle.
Kims lautes Magenknurren brachte sie wieder zurück in die Gegenwart. Sie lachten, Kim nahm sich einen Schokomuffin und biss genüsslich hinein. Sie hatte eine Schwäche für Süßigkeiten und brauchte regelmäßig eine Zuckerzufuhr, angeblich, um besser denken zu können. »Durch den Umzug bist du nun endgültig in die Welt der V.I.P.s aufgestiegen«, murmelte sie. »Bald wirst du mit Franzi und mir nichts mehr zu tun haben wollen.«
Marie sah Kim entsetzt an. »Hör sofort auf mit dem Quatsch! Das wird nie passieren, darauf gebe ich dir mein Ehrenwort, so wahr ich Marie Grevenbroich heiße!«
»Okay.« Kim lachte erleichtert. Zum Glück war Marie durch den Ruhm ihres Vaters und das viele Geld nie überheblich geworden. Im Gegenteil – oft genug teilte sie ihr Taschengeld großzügig mit ihren Freundinnen.
»Dann haben wir das ja geklärt.« Franzi trank ihren Früchtetee in einem Zug aus und spürte, wie sich die Wärme wohlig in ihrem Körper ausbreitete. Eigentlich war so ein Regentag wie heute ja total gemütlich. Wenn Felipe jetzt noch hier gewesen wäre …
Kim betrachtete Franzi verstohlen von der Seite. »Darf ich raten, an wen du gerade denkst? Heißt dieser Jemand vielleicht zufällig Felipe Baer-Carvallo?«
Eine feine Röte breitete sich auf Franzis Gesicht aus. Allein beim Klang seines Namens wurde sie sofort von einem Glücksstrom durchflutet. »Äh … ja, kann schon sein.«
»Euch geht es richtig gut, was?«, fragte Kim. »Das ist toll.«

Vor nicht allzu langer Zeit hätte Kim den letzten Satz nicht ohne Wehmut aussprechen können. Sie litt noch lange unter der Trennung von ihrer großen Liebe Michi. Zum Glück war diese schwere Zeit vorbei. Sie und Michi hatten es am Ende sogar geschafft, Freunde zu bleiben.
»Und was macht bei dir die Liebe?«, erkundigte sich Franzi neugierig. »Denkst du noch manchmal an den süßen Crêpeverkäufer Keno, den wir bei unserem letzten Fall auf Sylt kennengelernt haben?«
Kim schüttelte kichernd den Kopf. »Nein, nein … das war doch nur ein harmloser Flirt.«
»Aber er schickt dir immer noch SMS«, hakte Marie nach. Es war ihr nicht entgangen, dass Kim in letzter Zeit erstaunlich oft an ihrem Handy hing.
»Wie kommst du denn darauf?« Kim klang ehrlich entrüstet. »Das war nicht Keno, das war doch bloß Michi.«
»*Bloß* Michi, alles klar!« Marie grinste von einem Ohr zum anderen und warf Franzi vielsagende Blicke zu.
»Ihr seid doof!«, rief Kim. Sie warf sich auf ihre unvorbereiteten Freundinnen, um sie gründlich durchzukitzeln.
Marie flehte als Erste um Gnade. »Hör bitte auf! Ich nehme alles zurück und behaupte das Gegenteil. Und ich breite freiwillig mein Liebesleben aus: Ja, ich treffe mich immer noch mit Holger. Und nein, wir sind nicht wieder zusammen. Ohne diesen ganzen Beziehungsstress funktioniert es viel besser zwischen uns.«
Das stimmte wirklich. Marie brauchte ihre Freiheit und seit sie sich das eingestanden hatte, mochte sie Holger viel lieber. Weil sie jederzeit auch mit einem anderen Jungen flirten konnte, ohne Holger dabei wehzutun.
Kim ließ von ihren Kitzelopfern ab und verwandelte sich plötzlich wieder in die ernsthafte Detektivin Kim Jülich. »Wir

sind heute nicht nur zum Vergnügen hier, wie ihr wisst. Lasst uns über den Club sprechen. Habt ihr in eurer Umgebung irgendwas Verdächtiges beobachtet?«

Franzi schüttelte den Kopf. »Leider nicht. Obwohl ich ständig meine Augen und Ohren offen halte.«

»Ich kann leider auch nichts Spannendes berichten«, sagte Marie. »Es ist wie verhext: Es ist einfach kein neuer Fall in Sicht.«

»Das klingt nicht gut«, seufzte Kim.

Die drei !!! waren es gar nicht mehr gewohnt, längere Zeit untätig zu sein. Seit der Clubgründung hatten sie bereits zahlreiche Fälle gelöst und etliche Verbrecher in die Falle gelockt. Einige Male hatten sie auch im Ausland ermittelt, in Frankreich und Großbritannien.

»Vielleicht sollten wir wieder mal verreisen, wer weiß, vielleicht wartet irgendwo ein neuer Fall auf uns«, schlug Franzi vor.

Bevor ihre Freundinnen darauf antworten konnten, klingelte plötzlich Maries Handy.

Kim runzelte verärgert die Stirn. »Wir hatten doch ausgemacht, dass wir unsere Handys während der Clubsitzungen abschalten.«

»Stimmt.« Marie versuchte, zerknirscht zu wirken. »Lass mich nur kurz nachsehen, wer es ist.« Sie nahm ihr Handy vom Schreibtisch und schnappte nach Luft. »Das gibt's nicht! Wisst ihr, wer das ist? Tante Florentine!«

Kim strahlte. »Worauf wartest du dann noch? Geh endlich ran!«

Es gab nicht viele Menschen, bei denen Kim die eiserne Grundregel vergaß. Tante Florentine gehörte zu diesen wenigen Menschen. Die Schwester von Maries Mutter hatte ihnen damals bei der Klärung der rätselhaften Umstände von Anna

Grevenbroichs Autounfall geholfen. Sie hatte Marie viel von Anne erzählt, war sehr lieb gewesen und hatte ihre Nichte getröstet. Tante Florentine war Reisejournalistin, ständig unterwegs und lebte seit Kurzem in Venedig.
»Hallo Tante Florentine!«, rief Marie und stellte den Lautsprecher an, damit Kim und Franzi mithören konnten. »Das ist ja eine Überraschung! Wie geht's dir denn?«
»Sehr gut!«, sagte Tante Florentine. »Stell dir vor: Ich habe geheiratet! Michele ist Venezianer. Es ging alles ganz schnell mit der Hochzeit. Wir haben gar keine Feier gemacht. Das möchten wir jetzt unbedingt nachholen. Wollt ihr kommen, du und dein Vater? In fünf Tagen ist Himmelfahrt. Ihr könntet für ein verlängertes Wochenende nach Venedig fahren.«
»Das sind ja fantastische Neuigkeiten, herzlichen Glückwunsch!« Dann seufzte Marie. »Aber leider können wir nicht kommen. Papa dreht nächstes Wochenende in München.«
Es gab eine kurze Pause in der Leitung. Dann sagte Tante Florentine fröhlich: »Schade, aber das bringt mich auf eine andere Idee. Was hältst du davon, wenn du mit Kim und Franzi nach Venedig fährst? Ihr drei seid herzlich eingeladen.«
Maries Herz klopfte schneller. Sie war noch nie in Venedig gewesen, aber die romantische Lagunenstadt hatte sie schon immer fasziniert. Kim und Franzi ging es ähnlich. Ihre Augen hatten sofort aufgeleuchtet, sobald von Venedig die Rede gewesen war.
»Tante Florentine, wir kommen!«, verkündete Marie.
Kim und Franzi sprangen auf und fingen spontan an zu tanzen.
Plötzlich blieb Kim wie angewurzelt stehen. Jede Spur von Freude war aus ihrem Gesicht gewichen. »An Himmelfahrt ist schulfrei, aber am Freitag nicht. Meine Mutter wird mir nie erlauben, nach Venedig zu fahren!«

Auf nach Venedig!

»Habt ihr auch alles, was ihr braucht? Soll ich euch noch Zeitschriften kaufen? Sandwiches, was zum Naschen?«, fragte Helmut Grevenbroich. Er stand mit Kim, Franzi und Marie am Bahnsteig für Fernreisezüge des Münchener Hauptbahnhofs. Der Nachtzug nach Venedig wartete abfahrbereit.
Marie wehrte lachend ab. »Es ist kurz vor Mitternacht. Da sind alle Geschäfte geschlossen, Papa!«
»Ach so, ja natürlich, du hast recht.« Helmut Grevenbroich kratzte sich verlegen am Kinn. Wahrscheinlich war er mit seinen Gedanken schon bei den Dreharbeiten, die am nächsten Morgen in schwindelerregender Höhe stattfinden sollten: auf dem Münchener Olympiaturm.
»Tausend Dank, Herr Grevenbroich, dass Sie uns nach München mitgenommen haben!«, sagte Franzi.
»Und dass Sie meine Mutter herumgekriegt haben!«, fügte Kim hinzu.
Brigitte Jülich war ein absoluter Härtefall gewesen, aber Helmut Grevenbroich hatte sie mit seinem Charme am Ende doch noch um den Finger gewickelt. Am Freitag hatten Kims und Franzis Klassen eigentlich einen gemeinsamen Schulausflug ins Museum geplant gehabt. Sie von diesem Ausflug zu befreien, war keine große Sache gewesen. Frau Jülich und Frau Winkler mussten nur das Wort »Familienfeier« auf den Entschuldigungszettel schreiben. Marie hatte mit dem stressigen Umzug eine gute Ausrede. Erschöpfungszustände traten bekanntlich oft zeitverzögert auf, wie Helmut Grevenbroich der Klassenlehrerin glaubhaft versicherte.
»Keine Ursache.« Maries Vater lächelte verschmitzt. »Hab ich doch gern gemacht. Aber ihr wisst: Das war eine Ausnahme,

die Schule hat normalerweise Vorrang. Also, ihr Lieben: Der Abschied naht. Passt gut auf euch auf, grüßt mir Tante Florentine und habt vor allem ganz viel Spaß!« Er umarmte seine Tochter, drückte ihr einen Kuss auf die Nasenspitze und gab anschließend Kim und Franzi die Hand.

»Auf Wiedersehen, Herr Grevenbroich!«, sagten Kim und Franzi.

Maries Vater half ihnen noch, die Koffer ins Abteil zu brin-gen – bei Maries vollgepacktem roten Rollkoffer kam er etwas aus der Puste – dann sprang er wieder aufs Gleis. Der Schaffner blies in seine Trillerpfeife, alle Türen schlugen zu. Und dann ging es los. Langsam rollte der Zug aus dem Kopfbahnhof. Die drei !!! winkten im Gang, bis Helmut Grevenbroich nicht mehr zu sehen war. Für einen kurzen Augenblick vermisste Marie ihren Vater sehr, aber kurz darauf spürte sie ein angenehmes Kribbeln im Bauch. Das Reisefieber hatte sie gepackt.

»Wo willst du schlafen, Marie?«, fragte Kim. Sie war mit Franzi bereits im Abteil verschwunden. »Oben oder unten?«

»Ist mir egal«, sagte Marie. »Ich werde heute Nacht vor lauter Aufregung sowieso kein Auge zutun.«

Kim ließ sich kichernd in eins der unteren Betten fallen. »Ich auch nicht. Ich bin noch nie im Schlafwagen gefahren und noch nie 1. Klasse. An den Luxus könnte ich mich glatt gewöhnen!«

»Und ich find's super, dass wir ein Viererabteil nur für uns alleine haben«, sagte Franzi. »Da können wir so lange quatschen, wie wir wollen. War echt supernett von deinem Vater, uns das Ticket zu schenken.«

Marie konnte nicht gleich antworten, weil sie gerade versuchte, in dem engen Gang zwischen den Betten ihr Beautycase zu öffnen. Als sie es geschafft hatte und sich endlich abschminken konnte, nickte sie zufrieden. »Finde ich auch.«

Der Schaffner kam, um die Fahrausweise zu kontrollieren. Er wünschte ihnen eine gute Nacht und verschwand. Die drei !!! zogen ihre Schlafanzüge an, putzten sich an dem winzigen Waschbecken die Zähne und verwandelten das vierte, unbenutzte untere Bett mit Kissen in ein gemütliches Sofa.
»Ich finde es ja total süß, dass deine Tante in ihrem Alter noch heiratet«, sagte Kim. »Mit 50 werden andere Frauen Omas oder sind geschieden.«
Marie lachte. »Stimmt. Aber es passt zu Tante Florentine. Sie hat schon immer ein ungewöhnliches Leben geführt und sich nie darum gekümmert, was andere Leute von ihr erwarten.«
»Und ihr Mann?«, fragte Franzi. »Wie alt ist der?«
»Ich glaube, Onkel Michele ist auch Anfang 50«, sagte Marie. »Wenn ihr wollt, kann ich euch gerne Fotos von der Hochzeit zeigen.« Sie winkte mit einem Speicherstick, den sie mit einem Griff aus ihrer Handtasche gezogen hatte.
»Au ja!«, rief Kim und Franzi holte sofort den clubeigenen Laptop aus ihrem Rucksack.
Aufgeregt warteten die Freundinnen, bis der Laptop hochgefahren und die Fotos geladen waren. Gleich die erste Aufnahme löste einhellige Begeisterung aus: Tante Florentine und Onkel Michele saßen Händchen haltend in einer festlich geschmückten Gondel. Tante Florentine trug ein hochgeschlossenes Blumenkleid und ihr frisch angetrauter Ehemann einen schwarzen Frack mit schneeweißer Krawatte und Zylinder.
»Dein Onkel sieht ja richtig vornehm aus!«, stellte Franzi fest.
»Er kommt auch aus einer alteingesessenen, venezianischen Adelsfamilie«, erzählte Marie stolz und klickte weiter. Es gab noch einige wunderschöne Bilder der beiden in der Gondel. Dann sah man das Brautpaar auf dem Markusplatz, umgeben von Tauben, und danach vor einer kleinen romantischen Kirche, in der die Trauung stattgefunden hatte.

»Ich glaube, ich hab mich jetzt schon in Venedig verliebt«, seufzte Kim. »In die engen, verwinkelten Gassen, die vielen kleinen Brücken, Plätze und Kanäle und in das leckere italienische Essen. Das Eis soll dort übrigens besonders hervorragend schmecken.«
»Typisch Kim! Das hast du natürlich sofort herausgefunden.« Marie klappte den Laptop zu und lauschte dem Rattern des Zuges, der sich unaufhaltsam der Lagunenstadt näherte. »Ich möchte mir ja unbedingt eine venezianische Karnevalsmaske kaufen. Die gibt es dort das ganze Jahr über. Am besten kaufe ich gleich drei für unseren Detektivfundus.«
In Maries Kleiderschrank befand sich mittlerweile eine stattliche Sammlung von Kostümen, Perücken und Verkleidungen. Damit hatten sich die drei !!! bei Beschattungen schon öfter erfolgreich getarnt.
»Gute Idee«, sagte Franzi, der die Hochzeitsgondel nicht aus dem Kopf ging. »Also ich würde am liebsten selbst mal am Ruder einer Gondel sitzen. Das stelle ich mir total spannend vor.«
Kim zückte ihren Venedig-Reiseführer und nickte eifrig. »Ist es sicher auch. In Venedig finden übrigens regelmäßig Ruderregatten statt. An unserem letzten Tag in Venedig werden wir eine richtig berühmte Regatta sehen. Am Sonntag nach Himmelfahrt feiern die Venezianer nämlich die *Festa della Sensa*, die ›Vermählung‹ Venedigs mit dem Meer. Da fährt der Bürgermeister im Boot bis zur Hafenöffnung von San Nicolò und wird dabei von ganz vielen Ruderern in historischen Kostümen begleitet.«
Franzi warf einen neugierigen Blick auf die abgebildeten Ruderer. »Klingt super.«
Kim blätterte inzwischen weiter im Reiseführer, den sie zu Hause von vorne bis hinten durchgearbeitet und mit diversen

gelben Klebezetteln versehen hatte. Sie wollte auf keinen Fall eine wichtige Sehenswürdigkeit verpassen. Plötzlich runzelte sie die Stirn. »Leider gibt es nicht nur schöne Dinge in Venedig. Hier wird vor den vielen Taschendieben gewarnt. Die sollen besonders dreist und geschickt vorgehen.« Kim warf einen besorgten Blick zu Marie hinüber, die gerade verträumt ihren Opalring betrachtete. »Du hättest den Verlobungsring deiner Mutter lieber nicht mitnehmen sollen.«

Marie war noch nie besonders ängstlich gewesen. »Ach was! Mach dir keine Sorgen. Ich trage den Ring sowieso rund um die Uhr am Finger.«

Kim war halbwegs beruhigt. »Wahrscheinlich hast du recht. Ich sehe schon überall um mich herum Verbrecher und Verdächtige. Das muss an unserem Hobby liegen.«

Franzi gähnte verstohlen hinter vorgehaltener Hand. »Ich weiß ja nicht, wie fit ihr noch seid, aber ich bin bettreif. Wir sollten wenigstens versuchen, noch ein bisschen zu schlafen, sonst sind wir morgen hundemüde.«

Auf einmal mussten Kim und Marie auch gähnen. Vor lauter Quatschen hatten sie völlig die Zeit vergessen. Als Marie einen Blick auf ihre Armbanduhr warf, stieß sie einen leisen Schrei aus: Es war drei Minuten vor halb zwei! In Windeseile räumten sie ihre Sachen weg, krochen unter die Decken und knipsten das Licht aus.

Wenn ich aufwache, bin ich in Venedig, dachte Marie, setzte ihre Schlafmaske auf und hoffte, mit diesem positiven Gedanken bald einschlafen zu können. Das Gegenteil war der Fall. Sie freute sich so, dass sie immer aufgeregter und wacher wurde. Erst nachdem der Zug den Brennerpass weit hinter sich gelassen hatte, schlummerte Marie ein und träumte wirres Zeug: von einer fliegenden Gondel, von Holger, der aus einem Zylinder eine weiße Taube hervorzauberte, und von ihrer Mutter, die *Let It Be* sang, während sie einen riesigen Eisbecher mit Sahne verdrückte.

»*Buon giorno, signorina!* Guten Morgen, junge Frau!« Marie wurde von einer dröhnenden Bassstimme aus dem Schlaf gerissen. Vor ihren Augen war alles schwarz, aber anscheinend stand der Schaffner direkt vor ihrem Bett.

»*Scusi*, bitte gehen Sie, *avanti*!«, brachte Marie mühsam hervor.

»Aber warrrum denn gleich so unfreundlich, *signorina*? Ich habe Ihnen was Schönes mitgebracht.«

Ein verführerischer Duft nach heißem Kakao zog durchs Abteil. Marie riss sich die Schlafmaske vom Gesicht.

»*Una cioccolata, signorina*«, sagte Franzi immer noch mit verstellter Stimme und hielt Marie grinsend einen Pappbecher hin.

»Du …«, Marie suchte nach Worten, »du bist echt unmöglich! Ich hab wirklich gedacht, du bist irgend so ein superaufdringlicher Schaffner. Aber danke für den Kakao.« Kichernd nahm sie den Pappbecher entgegen und sah sich im Abteil um.

Helle Morgensonne schien zum Fenster herein. Draußen flogen graue Industriegebäude vorbei. Kim und Franzi waren bereits angezogen und packten gerade ihre Sachen.

»Du musst dich beeilen, Marie«, sagte Kim. »In einer halben Stunde sind wir da.«

»Was, schon? Warum habt ihr mich nicht früher geweckt? Ich muss mich doch noch duschen und stylen!« Marie sprang aus dem Bett und verschwand blitzschnell im winzigen Bad.

Als der Zug über die Ponte della Libertà auf den Bahnhof Santa Lucia zufuhr, erschien sie wieder in weißer Hose, Marine-Shirt und goldfarbenen Ballerinas.

Kim musterte ihre Freundin bewundernd von Kopf bis Fuß. »Du siehst toll aus! Aber ich bin mal gespannt, wie lange deine Hose weiß bleibt bei dem Gedrängel der Touristen.«
Marie winkte lachend ab. »Und wenn schon! Auch in Venedig gibt es Reinigungen.«
Kim und Franzi, die bequeme Jeans, T-Shirts und Strickpullis trugen, schoben aufgeregt ihre Koffer in den Gang. Der Zug fuhr in den Bahnhof ein, Bremsen quietschten und kurz darauf betraten die drei !!! zum ersten Mal venezianischen Boden.
»Marie, hallo, hier bin ich!« Tante Florentine kam ihnen auf dem Bahnsteig entgegengelaufen. Ihre Wangen waren gerötet und eine vorwitzige Strähne hatte sich aus ihrer grauen Hochsteckfrisur gelöst. Sie trug ein rotes Hemdblusenkleid und eine Modeschmuckkette aus bunten Glassteinen.
»Hallo Tante Florentine!« Marie umarmte ihre Tante.
»Herzlich willkommen in Venedig, mein Mädchen!« Tante Florentine strahlte. »Ich bin ja so glücklich, dass es geklappt hat. Kim, Franzi, schön euch wiederzusehen!« Sie verteilte an alle Wangenküsschen und hinterließ einen Hauch ihres frischen, blumigen Parfüms.
Kim sah sich auf dem überfüllten Bahnsteig suchend um. »Ist dein Mann Michele gar nicht mitgekommen?«
Tante Florentine schüttelte den Kopf. »Er bereitet gerade die große Feier heute Abend vor. Aber er freut sich schon sehr auf euch und erwartet euch zu Hause. Kommt mit! Wir nehmen ein *Vaporetto*.«
Franzi machte ein fragendes Gesicht, aber Venedigexpertin Kim kannte sich natürlich aus. »Das ist ein Linienschiff, das auf dem Canal Grande fährt«, erklärte sie.
Tante Florentine nickte. »Genau. Und das bringt uns praktisch fast bis vor die Haustür. Michele und ich wohnen im Stadtviertel Dorsoduro. Dort wird es euch gefallen.«

Davon waren die Detektivinnen überzeugt. Wo im wunderschönen Venedig sollte es einem nicht gefallen?
Die Anlegestelle der *Vaporetti* lag direkt gegenüber vom Bahnhof. Ein bereits ziemlich volles Boot wollte gerade ablegen. Tante Florentine und die drei !!! gingen als Letzte an Bord. Dicht gedrängt standen sie zwischen amerikanischen und deutschen Touristen am Bug. Italiener waren nur wenige auf dem Boot.
»Das Wetter soll übrigens so schön bleiben«, berichtete Tante Florentine. »Kein Wunder, wenn Engel reisen!«
Kim, Franzi und Marie hörten ihr nur mit halbem Ohr zu. Sie waren viel zu sehr damit beschäftigt, die Aussicht zu genießen. Gemächlich glitten die eleganten gotischen Häuser mit ihren schmalen Fenstern vorbei. Der Canal Grande wand sich wie eine große, träge Schlange durch die Stadt, die auf Schlamm gebaut war und mit ihren vielen Inseln auf Millionen von Holzpfählen ruhte. Obwohl die Motorboote einen ziemlichen Lärm machten, kam es Marie so vor, als würde all die Hektik, die sie sonst von Großstädten kannte, von ihr abfallen. Erst nach einer Weile fiel ihr ein, woran das lag: Es gab kein einziges Auto in der Altstadt von Venedig!
»Da vorne seht ihr schon die Rialtobrücke«, sagte Tante Florentine.
Marie kannte die berühmte Brücke von Fotos, aber in der Realität war sie noch viel beeindruckender. Marie erschien der weite Bogen wie ein feierlicher Vorhang, der sich für die Besucher öffnete.
»Die Rialtobrücke war die erste Brücke, die über den Canal Grande führte«, erzählte Tante Florentine. »Hier wurde immer schon Handel getrieben. Heute sind unter den überdachten Bögen Souvenirstände untergebracht. Und es gibt hier auch noch einen großen Gemüse- und Obstmarkt.«

Das *Vaporetto* fuhr unter der Rialtobrücke hindurch und als es auf der anderen Seite wieder auftauchte, nahm Marie aus den Augenwinkeln eine fließende Bewegung wahr. Ein Junge, der unter dem Dach des Schiffes stand, streckte seinen schlanken Körper ins Freie und ließ sich den Fahrtwind durchs schwarze Haar streichen. Dieser Venezianer war einfach zum Anbeißen: etwa 16 Jahre alt, schwarze Haare, glänzend wie Lakritze, und ein Herzmund, wie zum Küssen gemacht.
Dann passierte alles wie von selbst. Marie nutzte eine Lücke vorne an der Reling. Sie fuhr sich mit der linken Hand durch die offenen Haare, schüttelte den Kopf hin und her und lächelte zu dem Jungen hinüber. Es dauerte nicht lange, dann hatte er sie bemerkt. Sein Mund verzog sich zu einem breiten Lächeln. Erst zwinkerte er noch relativ unauffällig, dann warf er ihr spontan eine Kusshand zu.
Marie musste kichern. So was wäre ihr in Deutschland nie passiert. Die Italiener waren einfach viel offener. Marie belohnte die Kusshand des Jungen mit einem besonders verführerischen Augenaufschlag.
Plötzlich spürte sie einen Ellbogen in ihrem Rücken. »Pssst!«, machte Kim.
»Nicht jetzt«, murmelte Marie verärgert.
Doch Kim verstärkte den Druck ihres Ellbogens. »Es gibt Arbeit für uns. Da drüben, siehst du?«
Marie löste sich ausgesprochen ungern von ihrem ersten Flirt in Venedig. Nur um Kim einen Gefallen zu tun, folgte sie dem Wink ihrer Freundin. Kim deutete auf eine amerikanische Touristin, die eine dunkelbraune Lederhandtasche um die Schulter trug und lebhaft mit ihrer Freundin über das berühmte venezianisches Glas diskutierte. Sie war so vertieft in ihr Gespräch, dass sie die Gefahr nicht bemerkte. Aber Marie erkannte sie jetzt und erstarrte.

»Zugriff auf mein Kommando«, flüsterte Kim. »Drei, zwei …«
Marie schaltete von Flirtmodus auf Detektivmodus um und spannte alle ihre Muskeln an wie ein Tiger.
»… eins – LOS!«, rief Kim und die drei !!! drängten sich gleichzeitig nach vorne.

Adel verpflichtet

Die zwei Männer grinsten triumphierend. Erst waren sie unbemerkt immer dichter an die Amerikanerin herangerückt, dann traten sie in Aktion. Einer der beiden, ein pockennarbiger Typ mit Sonnenbrille, rempelte die Touristin absichtlich an und entschuldigte sich wortreich: »*Scusi, signora, I'm so sorry, scusi per favore*!«

»*No problem*«, antwortete die Amerikanerin freundlich. Sie schöpfte immer noch keinen Verdacht.

Da hatten die Langfinger des anderen, glatzköpfigen Mannes bereits den Reißverschluss ihrer Handtasche geöffnet und ihren Geldbeutel halb herausgezogen.

»Stopp!«, rief Kim.

Die drei !!! kreisten die Taschendiebe ein. Franzi schlug dem verblüfften Mann die Geldbörse aus der Hand, Marie fing sie geschickt auf und warf sie Kim zu. Die Detektivinnen schoben die Amerikanerin energisch von den Taschendieben fort. Die Operation hatte höchstens fünf Sekunden gedauert und die beiden Männer derart überrumpelt, dass sie wie tiefgefrorene Stockfische hilflos stehen blieben.

Jetzt riefen die Detektivinnen aus voller Kehle: »Diebe! Haltet die Diebe!«

Sofort kam Leben in die umstehenden Touristen. »Diebe! *Stop thief*! *Ladro*!« In drei verschiedenen Sprachen prasselten die Vorwürfe auf die Männer ein.

Plötzlich lösten sie sich aus ihrer Starre. Und auf einmal waren ihre Bewegungen blitzschnell. Sie tauchten unter den Köpfen der Menschen ab und verschwanden unter dem Dach des *Vaporettos* in der Menge der Fahrgäste. Die drei !!! stürmten hinterher, aber sie kamen viel zu langsam vorwärts. In diesem Moment steuerte das Schiff auf den Markusplatz zu. Die Anlegestelle war noch drei Meter entfernt, da sprangen die zwei Männer ans Ufer und stolperten davon. Kurz darauf wurden sie von den Touristenmassen verschluckt.

»Zu spät!«, stöhnte Marie. »Sie sind entwischt.«

Kim gab der Amerikanerin ihre Geldbörse zurück. Die bedankte sich überschwänglich: »*Thank you*! *Thank you very much*!«

Die Fahrgäste applaudierten begeistert. Kim wurde rot. Sie stand nicht gerne im Mittelpunkt. Schnell kehrte sie zusammen mit Franzi und Marie zurück zu Tante Florentine.

Maries Tante war völlig aus dem Häuschen. »Ich hab euch beobachtet. Das habt ihr super gemacht, richtig professionell. Ihr seid wirklich mutig. Und ärgert euch nicht, dass die Taschendiebe entkommen sind. Diese Typen kennen Venedig wie ihre Westentasche und sind unglaublich geschickt und schnell.«

»Das haben wir gemerkt«, sagte Kim, die ihre Enttäuschung immer noch nicht ganz überwunden hatte. Die Chance war winzig klein, aber vielleicht liefen ihnen die Verbrecher ja in den nächsten Tagen zufällig noch einmal über den Weg. Dann würde man sehen, wer schneller war: zwei miese kleine Taschendiebe oder die drei !!! mit ihrer ausgefeilten Verfolgungstaktik!

Durch den aufregenden Zwischenfall bekamen Kim, Franzi und Marie kaum etwas vom Markusplatz, dem Dogenpalast und dem schlanken Turm des Campanile mit. Das *Vaporetto* ließ die Hauptsehenswürdigkeiten hinter sich und steuerte jetzt das Stadtviertel Dorsoduro an. Nach ein paar Stationen stiegen sie aus.

Tante Florentine führte sie über zwei kleine Brücken zu einem ruhigen Platz und blieb schließlich vor einem eleganten,

dreistöckigen Palazzo stehen, der auf schlanken Säulen ruhte. Die Außenfassade war in einem warmen Rostrot gestrichen. Die Farbe war von der Sonne ein wenig ausgeblichen.
Tante Florentine lächelte. »Das ist unser Haus. Bescheiden, nicht besonders groß, aber sehr gemütlich!«
Als sie den Palazzo betraten, stellte sich schnell heraus, dass Tante Florentine maßlos untertrieben hatte. Die Räume waren riesig und es gab regelrechte Zimmerfluchten, in denen man sich verlieren konnte. Gold schimmernde Tapeten wechselten sich mit wertvollen Wandteppichen ab. Die Decken waren aus Holz und die Möbel liebevoll ausgewählte Antiquitäten, vermutlich aus Familienbesitz.
Die drei !!! ließen sich herumführen. Bei näherer Betrachtung stellte sich dann zwar heraus, dass an der einen oder anderen Stelle der Verputz bröckelig und die Bäder eigentlich renovierungsbedürftig waren, aber darüber sah selbst Marie diesmal großzügig hinweg. Im Grunde machte es den Palazzo sogar noch liebenswerter. Aber die größte Überraschung wartete noch auf sie: Als Tante Florentine eine Zwischentür zum hinteren Teil des Hauses öffnete, standen sie plötzlich mitten in einer Großküche! Geklapper von Töpfen und Pfannen, zischendes Frittierfett und die Stimmen der Köche bildeten zusammen eine ohrenbetäubende Lärmkulisse.
»Michele!«, rief Tante Florentine und flog dem Koch mit der größten Mütze in die Arme.
Der füllige Venezianer mit den zurückgekämmten, schwarzen Haaren stellte sofort seine Pfanne zur Seite. »Florentine, *cara mia*, da bist du ja, mein Schatz! Und wen hast du da mitgebracht? Drei wunderhübsche Mädchen! *Buon giorno*, ihr Lieben, herzlich willkommen, ich bin Onkel Michele!«
»Schön, dich endlich kennenzulernen! Ich wusste ja gar nicht, dass du ein Restaurant hast«, sagte Marie.

Onkel Michele machte eine abwehrende Handbewegung. »*No, no*! Kein Restaurant, nur eine kleine, bescheidene Cateringfirma. Wir liefern *cicchetti* an unsere Kunden.«
»*Cicchetti* sind venezianische Häppchen«, erklärte Tante Florentine. »Sie sind hier sehr beliebt.«
»Wollt ihr mal probieren?« Onkel Michele hielt ihnen ein Tablett mit Fleischklößchen, Auberginen, Babytomaten und winzigen, frittierten Fischen hin. Die leckeren Häppchen waren auf Zahnstochern aufgespießt.
Kim lief sofort das Wasser im Mund zusammen. »Danke!« Die Fische waren noch warm und herrlich knusprig.
Auch Franzi und Marie griffen gerne zu. Das Frühstück am Morgen im Zug war nicht besonders üppig ausgefallen.
»Wir wollen dich nicht länger stören«, sagte Tante Florentine. »Ich weiß, ihr habt heute alle Hände voll zu tun.« Sie gab ihrem Mann einen dicken Kuss auf die Wange.
Onkel Michele schüttelte entrüstet den Kopf. »Bleibt ruhig! Ihr stört überhaupt nicht.« Zum Beweis drehte er sich vom Herd weg und legte liebevoll den Arm um seine Frau.
Marie spürte förmlich die Liebe zwischen den beiden. Es war rührend zu sehen, wie das nicht mehr ganz junge Paar im siebten Himmel schwebte. Marie freute sich für ihre Tante. Sie hatte sie noch nie so glücklich erlebt.
Mitten in die romantische Stimmung hinein platzte ein Junge, der aussah, als ob er gerade vom Golfplatz käme. Er trug ein weißes Poloshirt, eine dunkelblaue Stoffhose mit Bügelfalten und weiße Sneakers. Kim prägte sich sofort seine Personenbeschreibung ein. Der Junge war etwa 16 bis 17 Jahre alt, circa 1,90 Meter groß, sehr schlank und hatte dunkelblonde Haare, die in weichen Wellen sein ovales Gesicht einrahmten. Er war sehr attraktiv, was ihm leider selbst auch schon aufgefallen war.

»Michele, *uno momento per favore*!«, sagte er und gab anschließend einen Schwall italienischer Worte von sich. Die drei !!! verstanden nur noch Bahnhof.
»*Molto bene, grazie*!« Onkel Michele strahlte. Dann wandte er sich an die Detektivinnen. »Entschuldigt bitte, das ist Alessandro. Und das ist Marie, Florentines Nichte, mit ihren Freundinnen Kim und Franzi. Alessandros Mutter ist so lieb und spendiert uns Partydekoration. Unsere Familien sind seit vielen Jahren befreundet.«
»Unsere *adligen* Familien«, fügte Alessandro mit näselnder Stimme hinzu. »Guten Tag! Es freut mich, euch kennenzulernen.« Er sprach akzentfrei Deutsch und taxierte die drei !!! mit hochgezogenen Augenbrauen. Sein Urteil fiel offenbar nicht gerade positiv aus. Franzi und Kim in ihren bequemen Jeans beachtete er kaum. Nur Marie schenkte er gnädige Beachtung.
»Hallo«, sagte Marie kühl. Sie fand Alessandro auf den ersten Blick unsympathisch. Mit eingebildeten Leuten hatte sie noch nie etwas anfangen können.
Onkel Michele und Alessandro begannen wieder, sich auf Italienisch zu unterhalten, und Tante Florentine drängte zum Aufbruch. Sie wollte den drei !!! unbedingt gleich am ersten Tag die wichtigsten Sehenswürdigkeiten Venedigs zeigen.

Mit Lunchpaketen und Mineralwasserflaschen bewaffnet verließen sie den Palazzo und mischten sich wieder ins bunte Treiben der Touristen. Diesmal bestiegen sie kein Boot, sondern legten den Weg zu Fuß zurück. Es war gar nicht weit. Bald erreichten sie die Accademia-Brücke, welche die beiden Stadtviertel Dorsoduro und San Marco miteinander verband. Und dann standen sie endlich auf dem berühmten Markusplatz.

Tante Florentine breitete lächelnd die Arme aus. »Napoleon hat einmal gesagt, der Markusplatz sei der schönste Salon Europas, dem als Decke zu dienen nur der Himmel würdig ist.«
Franzi ließ ihren Blick über den weiten Platz wandern. Er war voller Leben: Touristen, Fotografen, Tauben, Cafébesucher. Und trotzdem fühlte man sich nicht bedrängt. »Napoleon hat recht«, sagte sie.
Kim nickte. Sie war als Einzige nicht recht bei der Sache, weil sie nach den Taschendieben vom *Vaporetto* Ausschau hielt. Die beiden Männer wollten ihr einfach nicht aus dem Kopf gehen.
»Wo hast du deinen Michele eigentlich kennengelernt?«, erkundigte sich Marie. Langsam schlenderten sie weiter hinüber zur Kirche.
»Bei einem Interview«, erzählte Tante Florentine. »Ich habe einen Artikel über seine Cateringfirma geschrieben. Es war Liebe auf den ersten Blick. Für Michele habe ich sogar mein rastloses Reiseleben aufgegeben und es nicht bereut. Jetzt bin ich eben Expertin für die Lagunenstadt und arbeite als Korrespondentin. Venedig ist so wunderschön! Hier möchte ich alt werden.«
Marie drückte kurz den Arm ihrer Tante. »Das klingt toll!«
»Wir wünschen euch beiden ganz viel Glück«, sagte Franzi.
Ein Schwarm Tauben flatterte in die Höhe. Für einen Augenblick waren sie eingehüllt in eine Wolke aus Flügeln und friedlich gurrenden Lauten, über der sich ein tiefblauer Himmel spannte.
»Du Biest!«, rief Tante Florentine plötzlich.
»Wie bitte?« Franzi sah Maries Tante ratlos an. Hatte sie etwas Falsches gesagt?
Tante Florentine kramte ein Papiertaschentuch aus ihrer Handtasche und wischte damit hektisch über ihre Haare.

»Hat mir doch tatsächlich so eine blöde Taube auf den Kopf gemacht! Die Vögel sind das Einzige, was mir nicht an Venedig gefällt. Kommt, Kinder! Wir flüchten in die Kirche.«
Der Rest des Nachmittags verging wie im Flug. Sie besichtigten die prächtige Markuskirche mit ihren kunstvollen Mosaiken und fuhren mit dem Aufzug zur Turmspitze des Campanile, um von dort die tolle Aussicht zu genießen. Danach machten sie ein kleines Picknick auf einem der vielen Plätze, holten sich ein Eis und schlenderten weiter zur Rialtobrücke, wo sie sich die Souvenirstände und den Obst- und Gemüsemarkt ansahen.
Müde und voller neuer Eindrücke setzten sie sich auf die Stufen einer Brücke, als Marie plötzlich nervös wurde. »Tante Florentine, wann beginnt denn heute die Feier?«
»Um acht«, sagte sie verwundert. »Geht's dir nicht gut? Du bist so blass.«
Marie sah auf ihre Armbanduhr und stöhnte. »Nur noch zwei Stunden fürs Styling! Verratet ihr mir mal, wie ich das hinkriegen soll? Wir müssen sofort los!«
Kim und Franzi tauschten einen halb amüsierten, halb genervten Blick. »Keine Panik!«, sagte Kim. »Du wirst wie immer großartig aussehen.«
Sie bestiegen ein *Vaporetto* und kehrten zurück nach Hause. Marie konnte es nicht erwarten und lief schon mal voraus zum Palazzo.
»Warte!« Tante Florentine legte einen für ihr Alter bemerkenswerten Sprint hin. »Du hast doch gar keinen Schlüssel.«
Kim und Franzi blieben grinsend zurück. Sie hatten Zeit. Als sie nur noch ein paar Meter vom Palazzo entfernt waren, packte Franzi Kim plötzlich am Arm und schubste sie hinter die Ecke des Nachbarhauses.
»Aua!«, rief Kim. »Du hast mir…« Die restlichen Worte wur-

den von Franzis rechter Hand erstickt, die sich entschlossen auf Kims Mund legte. Mit der anderen Hand zeigte Franzi zum Palazzo hinüber.
Auf einmal spürte Kim keinen Schmerz mehr. Ihr Herz pochte bis in den Hals hinauf. Zwei männliche Gestalten schlichen um den Palazzo herum. Das waren keine Kunden und auch ganz sicher keine Freunde oder Verwandten von Onkel Michele. Die Männer wollten nicht gesehen werden. Geduckt rannten sie zum Kanal hinüber, stiegen in ein bereitstehendes Motorboot und brausten davon.
Langsam richtete Kim sich auf und murmelte: »Ich könnte schwören: Das waren die Taschendiebe von heute Morgen!«

Tangofieber

»Verflixt, der Reißverschluss klemmt!«, stöhnte Marie. Sie machte die tollsten Verrenkungen vor dem Spiegel, die aber leider nicht zum gewünschten Ergebnis führten.
»Warte, ich helf dir«, bot Kim an.
Die drei !!! hatten sich zum Partystyling auf ihr Zimmer im zweiten Stock zurückgezogen. Draußen vor den Fenstern war es bereits dunkel geworden. Das sanfte Licht der Stehlampen spiegelte sich geheimnisvoll im Wasser des Kanals.
»So, das hätten wir geschafft!«, sagte Kim, nachdem sie auch noch das Häkchen über dem Reißverschluss zugemacht hatte.
»Danke, du bist ein Schatz!« Marie drehte sich vor dem Spiegel. Sie trug ein schmal geschnittenes Seidenkleid im 20er-Jahre-Stil. Die Farbe changierte zwischen Grün, Blau und Türkis und harmonierte perfekt mit dem Verlobungsring ihrer Mutter. »Macht es mich auch nicht zu blass?«, fragte sie unsicher.
Kim schüttelte den Kopf. »Überhaupt nicht.«
»Hier hast du ein bisschen Farbe!«, sagte Franzi und verpasste Marie einen großen Klecks Make-up auf die Nase.
»Iiieh, lass das!«, kicherte Marie.
Die Schminkkatastrophe war schnell beseitigt. Jetzt hatte Marie Zeit, um dem Styling ihrer Freundinnen den letzten Schliff zu geben. Kim schlang sie als i-Tüpfelchen zum fliederfarbenen Korsagenkleid ein roséfarbenes Tuch um den Hals. Und Franzis hellgrauer Dandy-Anzug bekam mit einer Schluppenbluse genau den richtigen weiblichen Touch.
»Ich glaube, so können wir uns sehen lassen«, sagte Marie zufrieden. »Was meint ihr? Wollen wir uns ins venezianische Nachtleben stürzen?«

»Ich weiß nicht«, sagte Kim zögernd. »Ich finde, du solltest den wertvollen Ring heute Abend lieber nicht tragen. Deine Tante hat bestimmt einen Tresor, in dem du ihn aufbewahren kannst.«
Marie verdrehte die Augen. »Kim! Es ist überhaupt nicht gesagt, dass es wirklich die Taschendiebe waren, die ihr vor dem Palazzo gesehen habt.«
»Kann sein«, gab Kim zu. »Trotzdem hab ich ein blödes Gefühl. Wer weiß, vielleicht kommen die Typen zurück und schleichen sich mit den Gästen unbemerkt rein?«
»Kim hat recht«, sagte Franzi. »Du solltest kein unnötiges Risiko eingehen.«
Marie verschränkte trotzig die Arme vor der Brust. Sie konnte es nicht leiden, von anderen bevormundet zu werden. »Malt doch nicht den Teufel an die Wand. Ich werde den Ring keine Sekunde vom Finger nehmen, nicht mal, wenn ich aufs Klo gehe. Okay? Und jetzt kommt endlich, sonst verpassen wir noch den Anfang der Party.«
Kim und Franzi gaben sich geschlagen. Aufgekratzt liefen sie gemeinsam die Treppe hinab.
Aus dem Wohnzimmer drang Tangomusik. Der Raum hatte sich wie durch Zauberhand in einen Ballsaal verwandelt: Die Antiquitäten waren in einem anderen Raum untergestellt und durch eine Handvoll Bistrotische und ein lang gestrecktes Büfett ersetzt worden. Am Rand der riesigen Tanzfläche spielte sich die Liveband schon mal warm. Piano, Kontrabass und Bandoneon erzeugten den typischen Tango-Sound. Der Rhythmus ging sofort ins Blut.
Unter dem Kronleuchter standen Tante Florentine und Onkel Michele und begrüßten die ersten Gäste. Als Onkel Michele die drei !!! entdeckte, warf er ihnen begeistert Kusshände zu. »Ihr seht toll aus! Amüsiert euch, habt Spaß!«

»Danke«, sagte Marie lachend. Doch plötzlich fror ihr Lachen ein.
Alessandro im schwarzen Abendanzug mit weißer Fliege steuerte auf sie zu. Er tat so, als wären Kim und Franzi neben ihr einfach Luft. »Hallo Marie! Du siehst wunderschön aus. Wollen wir tanzen?«
»Später vielleicht«, antwortete Marie. »Jetzt muss ich mich erst mal stärken.« Demonstrativ drehte sie sich um, hakte sich bei ihren Freundinnen unter und stolzierte auf ihren hochhackigen Sandaletten davon.
Franzi musste kichern. »Dem hast du's aber gegeben. Der arme Junge ist total fertig.«
»Er wird's überleben«, sagte Marie ungerührt. »Solange er sein doofes Adelsgetue nicht ablegt, hat er bei mir sowieso keine Chance.«
Vor dem Büfett standen ein paar Venezianer und schaufelten sich große Portionen *cicchetti* auf die Teller. Die drei !!! versorgten sich auch mit Leckerbissen, obwohl Marie eigentlich noch gar keinen Hunger hatte. Sie drapierte gerade unschlüssig zwei Schinkenröllchen um eine Melonenscheibe, als plötzlich ein Junge neben ihr auftauchte. Ein Junge mit schwarzen Haaren, glänzend wie Lakritze! Er stutzte kurz, dann lächelte er breit. Und als hätten sie beide ein inneres Metronom, das im selben Takt schlug, fingen sie gleichzeitig an zu reden.
»*Ciao*! *Sembra una felice coincidenza*!«, sagte der Junge.
»Ist das ein Zufall!«, sagte Marie. »Wir kennen uns vom *Vaporetto*. Was machst du denn hier?«
Der Junge fuhr sich lässig mit der Hand durch die Haare. Er sah unverschämt gut aus in seinem schwarzen V-Ausschnitt-Pullover und der grauen Anzughose. »Ich bin Luca, der Freund … von einem Freund des … wie sagt man … *Brautgams*?«

»Bräutigams«, korrigierte Marie. Für den Bruchteil einer Sekunde kam es ihr so vor, als wären Luca und sie das Brautpaar. Was für eine verrückte Idee! Dann hatte sie ihre Gefühle wieder einigermaßen unter Kontrolle. »Hi Luca! Ich bin Marie, die Nichte der Braut.«
Luca streckte ihr die Hand hin. Sein Händedruck war fest und warm.
»Wir gehen schon mal vor«, hörte Marie Franzi sagen. Dann waren Kim und Franzi aus ihrem Blickfeld verschwunden und es gab nur noch Luca und sie.
»Davon wirst du aber nicht satt!«, sagte Luca. Er zeigte grinsend auf ihren Teller, der immer noch halb leer war. »Darf ich?«
»Klar.« Marie beobachtete fasziniert, wie er ein Stillleben aus Früchten, Gemüse und Fleisch für sie arrangierte. Danach organisierte er ein Glas Fruchtsaft und führte sie zu einem freien Bistrotisch. Marie kam sich vor wie eine venezianische Prinzessin.
Als sie mit dem Essen fertig waren, begann die Liveband ein neues, mitreißendes Stück. Tante Florentine und Onkel Michele eroberten die Tanzfläche und steckten viele Gäste mit ihrer Begeisterung an.
»Komm, lass uns tanzen!«, rief Luca. Er griff nach Maries Hand und zog sie in die Mitte des Raumes.
Es war ein schneller Tango und schon nach den ersten Takten stellte sich heraus, dass Luca nicht besonders gut tanzen konnte. Normalerweise hätte Marie so etwas total gestört. Sie ging regelmäßig zur Dance-Aerobic und hatte ein sehr gutes Taktgefühl. Seltsamerweise machte es ihr überhaupt nichts aus, dass Luca ihr auf die Füße trat. Er war so süß, wie er sich erst zerknirscht entschuldigte und danach einen Scherz machte. Marie musste dauernd kichern, während sie mit Luca einen

Fantasietanz hinlegte, der mit Tango nur entfernte Ähnlichkeit besaß.
Es wurde eng auf der Tanzfläche. Die Paare mussten einander ausweichen und immer wieder blitzte irgendwo ein helles Licht auf. Anscheinend war ein Fotograf unterwegs, der sich die tollen Motive nicht entgehen lassen wollte.
Luca runzelte die Stirn. »Ich hasse diese Paparazzi. Sie sind einfach überall.«
»Ach, lass sie doch!«, sagte Marie nur. »Wir sind bestimmt das schönste Paar hier.«
Luca lachte. »Vielleicht hast du recht.« Er wirbelte sie so schnell herum, bis ihr schwindelig wurde.
Später rief jemand neben ihnen: »*Cheese, please*!«
Marie hatte gerade Körper und Kopf weit nach hinten gebogen. Automatisch knipste sie ihr Kameralächeln an. Doch bevor das Blitzlicht kam, holte Luca sie zurück und machte ein paar dramatische Schritte quer durch den Raum. Marie musste wieder kichern – bis Luca sie an seine Brust zog und ihr ins Ohr flüsterte: »Ich bin so froh, dass wir uns zufällig wiedergesehen haben!«
Marie wusste nicht, was sie sagen sollte. Obwohl sie sich kaum noch bewegten, tanzte ihr Herz weiter im Takt. Lucas Herz schlug sogar noch schneller. Marie konnte es durch sein Hemd hindurch spüren. Die anderen Paare verschwommen vor ihren Augen zu einer formlosen Masse. Aus den Augenwinkeln sah sie noch, dass ein Paar sich sehr schnell auf sie zu bewegte. Viel zu schnell …
»Passt doch auf!«, rief Marie.
Zu spät. Das Paar stieß frontal mit ihnen zusammen. Marie bekam einen schmerzhaften Stoß gegen die Rippen. Sie hörte Luca leise fluchen und stolpern, den Aufschrei der anderen Partnerin und danach Alessandros näselnde Stimme: »Haben

wir euch wehgetan? Das tut mir leid! Es war allein meine Schuld.«

»Allerdings«, sagte Marie. »Du hättest wirklich besser aufpassen sollen.« Verärgert zupfte sie an ihrem Kleid, das durch den Zusammenstoß leicht verrutscht war.

»*Scusi*, entschuldige bitte, Marie!«, sagte Alessandro.

Lucas Augen verengten sich. »Ihr kennt euch?«

Alessandro nickte nur. Er sah immer noch Marie an. Erst jetzt fiel ihr auf, dass seine Augen blau waren. Verwaschen blau wie das Wasser im Canal Grande. Alessandro sagte ein paar Worte auf Italienisch zu seiner Tanzpartnerin. Anschließend deutete er eine knappe Verbeugung vor Marie an. »Ich möchte meinen Fehler wieder gutmachen. Darf ich dich um den nächsten Tanz bitten?«

Marie war so sprachlos, dass sie nicht sofort reagieren konnte. Alessandro interpretierte ihr Schweigen als Ja. Wie selbstverständlich legte er den Arm um ihre Taille und tanzte mit ihr los.

»Aber ich …«, fing Marie an und drehte sich suchend nach Luca um. Doch der wurde bereits von anderen Tänzern verdeckt.

Alessandro schüttelte lächelnd den Kopf. »Nicht sprechen! Beim Tango darf man nicht reden.«

Marie wollte protestieren, aber da war sie schon verzaubert. Alessandro führte sie in einer einzigen, leidenschaftlichen, fließenden Bewegung. Er war ein begnadeter Tangotänzer und schwebte scheinbar schwerelos übers Parkett. Marie schloss die Augen und gab sich ganz dem Tango hin. Sie machte die Augen erst wieder auf, als die Musik verstummte und Alessandro sie mit seinem Siegerblick betrachtete.

»Ich hatte recht, oder?«, fragte er. »Den Tango muss man spüren. Komm, ruhen wir uns kurz aus.« Er ging mit ihr zu einem freien Bistrotisch und holte zwei große Gläser mit Mineralwasser. Sogar beim Trinken konnte er es nicht lassen, den blasierten Adligen zu spielen. Er spreizte seine Finger seltsam verkrümmt um das Glas. »Ich hab dich noch gar nicht gefragt, wo du wohnst, ob du Geschwister hast und was du in deiner Freizeit gerne machst. Erzähl mir ein bisschen von dir!«

Nach der Leidenschaft des Tanzes kehrte Marie schnell wieder auf den Boden der Tatsachen zurück. Sie wollte den Abend nicht mit Alessandro verbringen. Sie wollte mit Luca zusammen sein. Nur aus Höflichkeit beantwortete sie Alessandro Fragen, allerdings so knapp wie möglich. Leider war Alessandro ziemlich hartnäckig und hakte nach. Er ließ nicht locker, bis er erfahren hatte, dass Maries Vater ein berühmter Schauspieler war und die Patchworkfamilie seit Kurzem in einer Villa wohnte.

Plötzlich fing er an zu strahlen. »Das ist ja großartig! Ich meine, du kannst dir gar nicht vorstellen, wie erleichtert ich bin. Lass es mich erklären: Ich war unhöflich zu dir heute Morgen, dafür möchte ich mich entschuldigen. Ich war nur deshalb so distanziert, weil ich schlechte Erfahrungen gemacht habe. Viele Mädchen sind nämlich nur auf meinen Adelstitel und mein Geld aus.« Er seufzte und sah auf einmal richtig traurig aus. »Ich will aber um meiner selbst willen geliebt werden.«

Mit diesem ehrlichen Geständnis hatte Marie am allerwenigsten gerechnet. War Alessandro gar nicht so eingebildet, wie er sich nach außen hin gab? Steckte ein sensibler, verletzlicher Junge hinter seiner arroganten Fassade? Auf jeden Fall hatte sie sich mit der ersten Einschätzung über ihn getäuscht.

Marie kam nicht mehr dazu, weiter darüber nachzudenken, da auf einmal Luca vor ihr stand. Er warf Alessandro einen vernichtenden Blick zu und sagte dann zu Marie: »Wollen wir uns Nachschub vom Büfett holen?«

»Super Idee!« Marie lächelte Alessandro unverbindlich an und verabschiedete sich mit einem Kopfnicken. Als sie Luca folgte, fing ihr Herz sofort wieder an, Tango zu tanzen.
Beim Büfett trafen Marie und Luca auf Kim und Franzi, die sich gerade eisgekühlte Colaflaschen und eine Chipstüte geschnappt hatten.
»Drüben im Nebenraum ist ein Kickertisch«, erzählte Franzi. »Wer hat Lust auf ein Spiel mit Kim und mir?«
»Ich!«, riefen Marie und Luca gleichzeitig.

Den restlichen Abend verbrachten die vier beim Kickern. Es wurde ein heißer Wettkampf zwischen den Teams, den schließlich Kim und Franzi für sich entschieden. Franzi als Kickerprofi war einfach unschlagbar.
Als sie zurück ins Wohnzimmer kamen, hatte sich der Raum spürbar geleert. Alessandro war verschwunden. Nur noch eine Handvoll Gäste stand etwas verloren an den Bistrotischen herum. Die Liveband packte ihre Instrumente zusammen.
»Ist die Party etwa schon vorbei?«, fragte Marie entsetzt. »Sie hat doch eben erst angefangen.«
Onkel Michele, der sich gerade bei den Musikern für die tolle Unterhaltung bedankte, drehte sich lachend zu seiner Nichte um. »Hast du mal auf die Uhr gesehen? Es ist weit nach Mitternacht!«
»Stimmt«, musste Marie zugeben. Der Abend war viel zu schnell verflogen.
Luca räusperte sich. »Ich muss dann auch langsam los.«
Beinahe hätte Marie laut »Nein!« gerufen. Sie vermisste Luca jetzt schon und überlegte, ob es zu aufdringlich war, wenn sie ihn nach seiner Handynummer fragte. Leider kannte sie die italienischen Flirtregeln nicht gut genug. Wahrscheinlich ergriff hier der Junge die Initiative. Aber was machte sie, wenn er sie nicht nach ihrer Nummer fragte?

Marie wurde immer nervöser, während sie gemeinsam mit Kim, Franzi, Luca und den Gastgebern zur Garderobe ging.
»Es war wirklich ein wunderschöner Abend«, sagte Luca. »*Mille grazie*!«
»Bis hoffentlich ganz bald«, sagte Tante Florentine. Onkel Michele klopfte Luca väterlich auf die Schulter.
»Ja, bis bald ...« Marie ging noch mit zur Haustür. Jetzt war ihr klar, dass Luca nicht mehr fragen würde. Vielleicht wollte er sie ja gar nicht wiedersehen. Vielleicht hatte ihm ein schöner Abend gereicht?
Marie hatte ihre letzte Hoffnung aufgegeben. Da umarmte Luca sie unvermittelt und steckte ihr verstohlen einen kleinen Zettel zu. Die kurze Berührung war so verwirrend und wunderbar, dass Marie beinahe den Zettel hätte fallen lassen. Mit zitternden Fingern ließ sie ihn in ihrer Handtasche verschwinden und lächelte, als ob nichts gewesen wäre: »*Ciao*, Luca!«
Ein letztes Winken, ein letzter Blick, dann war Luca weg. Die übrigen Gäste brachen bald danach auf. Onkel Michele holte ein Tablett und sammelte die leeren Gläser ein. Seine Frau blies die Kerzen aus. Beide wirkten ein wenig erschöpft.
»Wir helfen euch beim Aufräumen!«, bot Kim an.
Die drei !!! packten mit an, mussten jedoch immer wieder verstohlen gähnen.
Tante Florentine beobachtete sie dabei und meinte schließlich: »Vielen Dank! Ihr habt genug geholfen. Ab ins Bett mit euch!«
Die drei !!! protestierten nur halbherzig. Auf einmal spürten sie, wie anstrengend der lange Tag gewesen war.
Marie nahm ihre Handtasche, die sie auf einem Bistrotisch abgestellt hatte, und stutzte. »Nanu, was ist das denn?« Auf dem Tisch waren ein paar bunte Visitenkarten verstreut. Neugierig nahm Marie eine davon. Sie stammte von dem Fotogra-

fen, der während der Party Aufnahmen gemacht hatte. »Ein unvergesslicher Abend, unvergessliche Schnappschüsse«, stand dort auf Italienisch und Deutsch. Darunter war die Adresse der Homepage des Fotografen angegeben, dort konnte man die Fotos kostenlos downloaden oder Abzüge bestellen.
Franzi sah Marie über die Schulter und grinste. »Ich weiß, was du vorhast! Du willst dir ein Foto von deinem süßen Luca sichern, stimmt's?«
»Er ist nicht *mein* Luca«, sagte Marie betont gleichgültig. Dabei konnte sie es kaum erwarten, nach Fotos von Luca und ihr zu suchen.

Schock am Morgen

Marie wachte auf, bevor der Weckalarm ihres Handys losging. Leise stand sie auf und schlüpfte in ihren Bademantel. Dann nahm sie Handy und Laptop und schlich damit auf Zehenspitzen zur Tür, um Kim und Franzi nicht zu wecken. Es gelang ihr, fast lautlos das Gästezimmer zu verlassen und hinunter in die große Wohnküche zu huschen. Um sieben Uhr morgens war der Palazzo noch im Dornröschenschlaf versunken. Marie setzte sich an den Küchentisch, fuhr aufgeregt den Laptop hoch und stellte die WLAN-Verbindung her. Da war sie, die Homepage des Fotografen! Er hatte unzählige Schnappschüsse gemacht. Marie klickte auf die Diashow. Ihre Augen flogen von einem Foto zum anderen. Endlich entdeckte sie zwei Aufnahmen: Luca und Marie auf der Tanzfläche, beide Male verschwommen. Fieberhaft suchte Marie weiter. Sie wurde fündig, aber Luca und sie waren auf den Fotos leider nie von vorne zu sehen oder viel zu weit weg von der Linse des Fotografen. Dafür stieß Marie ständig auf Alessandro. Er war so häufig im Bild, dass es kein Zufall sein konnte. Bestimmt hatte er sich absichtlich vorgedrängt. Das sah ihm ähnlich, so eitel wie er war!

»Mist!«, murmelte Marie und klappte enttäuscht den Laptop zu.

In ihrem Bademantel knisterte der Zettel mit Lucas Handynummer. Es war leider viel zu früh, um ihn anzurufen. Aber eine SMS mit ihrer Nummer konnte sie ihm schicken! Das war unverfänglich.

Nachdem Marie die zwei wichtigsten Aktionen des Tages erledigt hatte, war es halb acht geworden und sie hatte das dringende Bedürfnis nach einer Dusche.

Das Bad war leer. Marie duschte ausgiebig und lief leise zurück ins Gästezimmer. Kim und Franzi schliefen immer noch. Das passte gut. Marie wählte in aller Ruhe ein orangefarbenes Minikleid aus und beschloss, sich die Fingernägel in der passenden Farbe zu lackieren. Aber zuerst musste sie den Perlmuttlack von gestern Abend entfernen.
Marie setzte sich in einen Sessel, beugte sich über ihre linke Hand und strich konzentriert mit einem mit Nagellackentferner getränkten Wattepad über die Fingernägel. Plötzlich erstarrte sie. Der Ringfinger ihrer linken Hand war leer. Der Verlobungsring ihrer Mutter war weg!
Marie kniff die Augen zusammen und riss sie wieder auf, weil sie es nicht glauben konnte. Aber sie hatte keine Halluzinationen: Der Ring war wirklich verschwunden! Marie wurde eiskalt. Nackte Angst hämmerte gegen ihre Brust. Sie ließ den Wattepad fallen, sprang auf und weckte Kim und Franzi. »Wacht auf! Es ist was Schreckliches passiert!«
»Passionsfrucht? Hä? Was ist los?«, fragte Franzi schlaftrunken. Marie hatte sie anscheinend mitten aus einem schönen Traum gerissen.
Kim dagegen schlug blitzschnell ihre Decke zurück und war mit einem Satz aus dem Bett. »Sind die Taschendiebe im Palazzo? Haben sie bei uns eingebrochen?«
Marie schüttelte den Kopf. Stumm streckte sie ihre linke Hand aus.
Franzi war inzwischen auch aufgestanden, starrte auf Maries Hand und rief: »Der Ring! Wo ist dein Ring?«
Die Angst hatte aufgehört, gegen Maries Brust zu hämmern. Dafür hatte sie sich jetzt richtig schön breitgemacht in ihrer Brust, wie eine giftige Spinne. »Jemand … h…hat ihn gestohlen!«, stammelte Marie.
Kim und Franzi sahen sie ungläubig an.

Kims Gehirn arbeitete auf Hochtouren, dann rief sie: »Stopp, warte! Er muss nicht gestohlen worden sein. Vielleicht hast du ihn bloß irgendwo verlegt. Hast du ihn abgenommen, bevor du ins Bett gegangen bist, oder liegt er im Badezimmer?«
»Nein«, sagte Marie.
»Hast du ihn auf der Party auf dem Waschtisch der Gästetoilette kurz abgelegt?«, fragte Franzi weiter. »Oder ist er dir vom Finger gerutscht, weil er zu locker war?«
»Nein, nein, nein!« Marie vergrub ihr Gesicht in den Händen. »Ich hab den Ring keine Sekunde vom Finger genommen und er saß nicht locker.« Verzweifelt versuchte sie sich zu erinnern, wann sie den Ring das letzte Mal bewusst wahrgenommen hatte. Der Augenblick, als sie sich gemeinsam mit Kim und Franzi gestern Abend vor dem Spiegel gestylt hatte, fiel ihr wieder ein. »Als wir zur Party runtergegangen sind, hatte ich ihn noch. Das weiß ich genau. Habt ihr ihn später noch an meinem Finger gesehen?«
Kim stöhnte. »Ich hab leider nicht darauf geachtet.«
»Ich auch nicht«, sagte Franzi. »Zu blöd von mir!«
Alle schwiegen bedrückt. Dann sprach Kim aus, was alle dachten: »Es gibt nur eine Möglichkeit: Jemand hat dir den Ring während der Party so geschickt vom Finger gezogen, dass du es nicht mitbekommen hast.«
Bei der Vorstellung wurde Marie unglaublich wütend. »Das gibt's doch nicht! Dass mir so was passiert, als Detektivin!«
Franzi legte ihr tröstend den Arm um die Schulter. »Mach dir keine Vorwürfe. Das war ein Profi. Gegen den hattest du keine Chance.«
Franzi hatte wahrscheinlich recht, aber das tröstete Marie nicht. Sie hatte das Wertvollste verloren, was sie je besessen hatte. Sie hatte den Ring nicht beschützt. Eine Welle von Schuldgefühlen überrollte Marie. Es war ihre Schuld, dass

nun das Band zu ihrer Mutter gerissen war! Wie sollte sie nur jemals wieder ihrem Vater unter die Augen treten? Marie kämpfte gegen die Tränen an, die unaufhaltsam in ihrer Kehle hochsteigen wollten.
»Kim, Franzi, Marie!«, hörten sie plötzlich Tante Florentine vom Erdgeschoss heraufrufen. »Frühstück ist fertig!«
Franzi lief schnell zur Tür. »Wir kommen gleich.«
Maries erster Impuls war, gar nicht erst zum Frühstück zu erscheinen. Sie sehnte sich danach, wieder ins Bett zu kriechen und den ganzen Tag dort zu verbringen. Aber das ging nicht, dann würde Tante Florentine bestimmt Fragen stellen und sie würde es nicht schaffen, sie anzulügen.
»Komm, Marie!«, sagte Kim. »Das Frühstück wird dich ablenken. Weiß Tante Florentine von deinem Ring? Ist er ihr aufgefallen oder hat sie irgendeine Bemerkung dazu gemacht?«
Marie schüttelte den Kopf. »Nein. Ich wollte ihr in einem ruhigen Augenblick davon erzählen, aber es gab bisher keine Gelegenheit dazu.«
»Na siehst du!« Franzi zog sich mit einem Ruck ihr Nachthemd über den Kopf. »Das nenne ich Glück im Unglück.«
Marie schraubte nachdenklich das Fläschchen mit dem Nagellackentferner zu. »Du meinst, ich soll ihr erst mal nichts von dem Diebstahl sagen? Wir behalten es für uns, als Clubgeheimnis? Hm … Das ist vielleicht wirklich das Beste.«

Zwanzig Minuten später saßen die drei !!! am Frühstückstisch, als ob nichts gewesen wäre. Nur einem sehr guten Beobachter wäre aufgefallen, dass Maries Fingernägel nur noch teilweise lackiert waren und ihr Lächeln etwas angestrengt wirkte. Tante Florentine und Onkel Michele schöpften keinerlei Verdacht. Gut gelaunt sprachen sie über die gelungene Party des gestrigen Abends.

»Die Gäste haben alles aufgegessen«, berichtete Onkel Michele stolz. »Anscheinend hat es ihnen geschmeckt.«
»Kein Wunder. Das Büfett war auch total lecker!«, lobte Kim, während sie ihr Baguettebrötchen dick mit Wurst und Käse belegte.
Marie bekam schon allein vom Zusehen einen flauen Magen. Bisher hatte sie nur kurz an ihrem Orangensaft genippt.
»Und die Musik war auch super«, meldete sich Franzi zu Wort. »So eine tolle Liveband habe ich noch nie gehört.«
Onkel Michele erzählte, woher er die Band kannte, und dass Venedig die älteste Tango-Tradition Italiens besaß. Er selbst war ein leidenschaftlicher Tangotänzer.
»Apropos Tango!« Tante Florentine zwinkerte ihrer Nichte zu. »Die Jungs haben dich ja gestern heftig umschwärmt. Besonders Alessandro war ganz hingerissen von dir. Und, wie findest du ihn? Habt ihr euch nett unterhalten?«
»Ja ... schon«, antwortete Marie so diplomatisch wie möglich. »Er ist okay. Er redet nur ziemlich viel von seiner adligen Familie und vom Geld. Das finde ich, ehrlich gesagt, nicht so wahnsinnig spannend.«
Onkel Michele stellte seine Espressotasse ab und räusperte sich belustigt. »Also wenn das der einzige Grund ist, weshalb du ihn nicht magst: Da kann ich dich beruhigen. Alessandros Familie hat gar nicht so viel Geld – nicht mehr. Die Armen sitzen auf einem ziemlich großen Berg Schulden. Nur der Adelstitel ist noch echt.«
Marie warf ihrem Onkel einen verdutzten Blick zu. Die Familien waren eng befreundet, er musste es wissen. Trotzdem war sie verwirrt über die plötzliche Wendung. »Oh! Das tut mir leid«, sagte sie.
Und auf einmal klingelten bei ihr die Alarmglocken. Wenn Alessandro Geldsorgen hatte, bedeutete das, er hatte ein Mo-

tiv! Hatte er etwa ihren Ring gestohlen? Schnell beugte sich Marie zu Kim hinüber und bat sie, ihr den Brotkorb herüberzureichen. Die Übergabe nutzte sie dazu, um ihr leise »Clubsitzung!« zuzuraunen.

Gleich nach dem Frühstück zogen sich die drei !!! in die Bibliothek des Palazzo zurück. Marie hatte Tante Florentine nach Bildbänden von Venedig gefragt. Die lagen nun offen vor ihnen auf dem Tisch, aber die Detektivinnen schenkten ihnen keine Beachtung. Sie hatten Wichtigeres zu tun. Zum Glück waren Tante Florentine und Onkel Michele heute so beschäftigt, dass die drei !!! bis zum Abend Zeit für die Ermittlungen hatten.

»Ich weiß jetzt, wer meinen Ring gestohlen haben könnte«, flüsterte Marie aufgeregt. »Alessandro! Wir sind gestern Abend beim Tanzen ziemlich heftig zusammengestoßen.«

Kim nickte eifrig. »Ja, das hab ich mitbekommen. Ich hab mich schon gewundert, warum er plötzlich wie ein Stier auf euch zugerast ist.«

»Das war kein Zufall!«, sagte Marie grimmig. »Wahrscheinlich hat er die Situation absichtlich provoziert, um mir in dem Durcheinander danach den Ring zu klauen. Wir sollten uns die Homepage des Fotografen von gestern noch mal ganz genau ansehen.«

»*Noch mal*?« Franzi betrachtete Marie amüsiert. »Du warst also heute schon wegen Luca auf der Homepage? Ich hab's geahnt!«

Marie streckte ihren Oberkörper. »Kein Kommentar! Hier geht es um einen neuen Fall. Privates bleibt außen vor.«

»Das finde ich auch«, sagte Kim, die längst den Laptop hochgefahren und schnell die Homepage des Fotografen ausfindig gemacht hatte.

Zu dritt durchforsteten sie das umfangreiche Fotomaterial. Das war keine leichte Aufgabe, weil Alessandro wirklich oft abgebildet war.
»Da!«, rief Franzi plötzlich. »Hier ist euer Zusammenstoß auf der Tanzfläche. Kann man das Foto vergrößern?«
»Bin schon dabei.« Kim zoomte Alessandro näher heran. »Zu schade! Die Aufnahme ist nicht scharf genug und die Perspektive ziemlich ungünstig.«
Marie starrte auf Alessandros Arme, die mit ihren eigenen Armen einen komplizierten Knoten zu bilden schienen. Der Ring war ausgerechnet durch Alessandros Ellbogen verdeckt. »Als Beweisfoto taugt es nichts«, stellte sie enttäuscht fest.
Franzi sah die Sache positiver. »Alles deutet darauf hin, dass Alessandro dir in diesem Moment den Ring vom Finger gezogen hat. Und Geldsorgen als Tatmotiv passt auch. Er ist ab sofort unser Hauptverdächtiger.«
»Neben den Taschendieben«, fügte Kim hinzu. »Die dürfen wir nicht vergessen. Auch wenn wir sie auf der Party nicht gesehen haben.«
Marie klappte nacheinander die Venedig-Bildbände zu und stapelte sie energisch aufeinander. »Das heißt, wir haben einen neuen Fall! Ich werde alles dafür tun, um den Dieb zu schnappen, das könnt ihr mir glauben. Aber dafür brauche ich dringend Energie.«
Kim und Franzi wussten natürlich sofort, dass Marie auf den Powerspruch anspielte. Der war mittlerweile zum festen Ritual des Detektivclubs geworden. Immer, wenn die drei !!! einen neuen Fall an Land gezogen hatten oder während den Ermittlungen neue Energie benötigten, war es Zeit für den Powerspruch.
Kim, Franzi und Marie standen auf und stellten sich im Kreis vor die Bücherwand. Feierlich streckten sie ihre Arme aus, leg-

ten die Hände übereinander und riefen im Chor: »Die drei !!!« Kim sagte »Eins«, Franzi »Zwei« und Marie »Drei!«. Sie wollten gerade gleichzeitig die Hände in die Luft werfen und laut: »Power!!!« rufen, als sich plötzlich Maries Handy mit seinem altbekannten Klingelton meldete.

»Nicht schon wieder!«, stöhnte Kim.

Marie lächelte entschuldigend. »Ich geh nicht ran. Lasst euch nicht stören.«

Die Detektivinnen fingen noch mal von vorne an. Sie sagten den Powerspruch extra laut auf, um die Titelmelodie der *Vorstadtwache* zu übertönen, der zurzeit Maries Standardklingelton war. Als sie fertig waren, klingelte das Handy unbeirrt weiter.

»Ich glaube, ich geh jetzt doch ran«, sagte Marie. »Vielleicht ist es was Dringendes.« Ohne aufs Display zu sehen, legte sie ihr Handy ans Ohr. »Hallo, hier ist Marie.«

»*Ciao*! *Ecco Luca*!«

Plötzlich verdoppelte sich die Energie, die Marie gerade durch den Powerspruch gewonnen hatte. Luca war der erste Lichtblick des Tages. »*Ciao* Luca!«, sagte Marie und versuchte, den coolen italienischen Singsang hinzubekommen. »Wie geht es dir?«

»Sehr gut«, antwortete Luca. »Und dir?«

Marie seufzte. »Puh! Ich bin ziemlich durch den Wind. Mir ist was Schreckliches passiert. Irgendjemand hat gestern auf der Party meinen Ring geklaut. Ich weiß …«

Mitten im Satz verstummte sie, weil sie Kims und Franzis Blicke auffing. Durchbohrende Blicke, die ihr mit einem Schlag bewusst machten, dass sie gerade einen Riesenfehler begangen hatte.

Im Labyrinth der Gassen

Detektivtagebuch von Kim Jülich
Freitag, 11:14 Uhr
Ich bin richtig, richtig sauer! Marie hat gegen die oberste Geheimhaltungsklausel unseres Clubs verstoßen. Wenn Franzi und ich sie nicht davon abgehalten hätten, hätte sie glatt auch noch verraten, wen wir als Täter in Verdacht haben. So was geht einfach nicht, da kann man noch so verknallt sein. Wenigstens hat Marie sofort Reue gezeigt, sich entschuldigt und uns hoch und heilig versprochen, dass so was nie wieder vorkommen wird.
Luca hat zum Glück total nett reagiert: Er hat angeboten, heute Nachmittag mit uns zum Polizeipräsidium zu gehen. Er weiß eines, das ist nicht weit von Micheles Palazzo entfernt. Und er will uns als Dolmetscher helfen, damit wir eine Anzeige aufgeben können. Das Beste ist: Er kennt sogar einen der Polizisten dort persönlich, weil er selbst in der Nähe wohnt und sein Boot mal geklaut wurde. Was für ein Glück, denn unser guter Bekannter Kommissar Peters kann uns hier in Venedig wohl nicht weiterhelfen. Luca ist übrigens fest davon überzeugt, dass es sich beim Täter um einen oder mehrere Taschendiebe handelt. Trotzdem werden wir parallel und absolut geheim (!) weiterermitteln. Wir lassen Luca in dem Glauben, dass es ganz sicher Taschendiebe (die vom Vaporetto *oder andere, die wir noch nicht kennen) gewesen sein müssen. Unsere zweite Spur (Alessandro) ist viel zu heiß.*
Wir haben Luca das Versprechen abgenommen, niemandem von der Sache zu erzählen, weder Tante Florentine noch Onkel Michele noch sonst irgendjemandem. Ich war anfangs trotzdem skeptisch, ob wir Luca trauen können, und hab mich bei Onkel Michele unauffällig über ihn erkundigt. Onkel Michele hat Luca

auf der Party zum ersten Mal gesehen, aber Luca ist mit Dario, einem guten Freund von ihm gekommen. Michele kennt Dario schon ewig und legt für ihn die Hand ins Feuer. Er fand Luca übrigens auf Anhieb total sympathisch. Das hat mich beruhigt.
Die nächsten Ermittlungsschritte liegen auf der Hand:
Wir werden mit Luca ins Polizeipräsidium gehen und anschließend zu dritt Alessandro beschatten. Ich drücke uns allen bei diesem Fall ganz besonders die Daumen. Marie muss den Verlobungsring ihrer Mutter wiederbekommen. Vorher reisen wir nicht ab!

Geheimes Tagebuch von Kim Jülich
Freitag, 11:42 Uhr
Hände weg von meinem Tagebuch! Wer gegen meine Warnung verstößt, wird bei nächster Gelegenheit aus der Gondel in einen dunklen Kanal fallen. Dafür werde ich persönlich sorgen. Für das, was danach passiert, kann ich leider nicht mehr garantieren. Die stillen Wasser in Venedig sind tief, sehr tief …
Ich hab das ultimative Geschenk für Michi entdeckt! Bei den Souvenirständen auf der Rialtobrücke ist es mir sofort ins Auge gesprungen: ein weißes T-Shirt mit der Aufschrift »I ♥ Venedig«. Michi hat nämlich ein neues Hobby und sammelt seit Kurzem T-Shirts von fremden Städten. Die große Frage ist nur: Soll ich ihm so ein T-Shirt als Mitbringsel kaufen? Darüber würde er sich bestimmt total freuen. Aber vielleicht interpretiert er das Herz ja falsch. Vielleicht denkt er dann, dass ich wieder in ihn verliebt bin! Tue ich das? Liebe ich Michi?
Warum stelle ich mir plötzlich solche Fragen? Es ist doch längst alles geklärt zwischen ihm und mir. Es muss an Venedig liegen. Die Stadt mit ihren unübersichtlichen Kanälen und tausend verwinkelten Gassen verwirrt mich. Ich höre lieber auf, weiter

darüber nachzugrübeln. Und ich warte noch ein bisschen mit dem T-Shirt. Wir sind ja noch zwei Tage hier.

Vor ein paar Monaten war an Maries Schule ein Intensivkurs Italienisch angeboten worden. Marie hatte sogar kurz überlegt, ob sie den Kurs belegen sollte, aber das freie Wochenende war ihr letztlich doch wichtiger gewesen. Im Nachhinein bereute sie ihre Entscheidung. Jetzt hätte sie die Italienischkenntnisse gut gebrauchen können. Dann hätte sie sich heute nicht so hilflos und überflüssig gefühlt.
Kim und Franzi ging es ähnlich. Die drei !!! standen ziemlich verloren im Präsidium herum, einem stickigen, karg eingerichteten Raum im Erdgeschoss eines hässlichen Mietshauses. Luca und die beiden Polizisten diskutierten über ihre Köpfe hinweg. Sie redeten dermaßen schnell und laut, dass es unmöglich war, auch nur Bruchstücke zu verstehen.
Marie checkte schon zum dritten Mal ihr Make-up im Schminkspiegel. Sie hatte nur ein wenig Gloss und Wimperntusche zu ihrem schlichten, dunkelgrünen Kostüm aufgetragen, um älter und seriöser zu wirken.
Kim nutzte die Zeit, um sich die Personenbeschreibungen der Polizisten einzuprägen. Der Polizist, den Luca am Anfang mit einem herzlichen Händedruck begrüßt hatte, hieß Commissario Bertani, war Mitte dreißig und etwa 1,70 Meter groß. Unter seiner roten Kappe kringelten sich dunkle Locken, die ein rundes Gesicht mit Schurrbart einrahmten. Die hellbraune Uniformjacke mit den roten Streifen auf den Schulterklappen spannte etwas über dem Bauch. Sein blonder Kollege, Agente Felice, war etwa gleich alt, aber einen Kopf größer und sehr schlank.
Plötzlich wurde die Tür aufgerissen und eine Friseuse schneite herein, mit Kamm und Fön in der Hand. Sie starrte die Poli-

zisten feindselig an. Dann marschierte sie auf die Männer zu und fing an, sich über irgendetwas zu beschweren.
»Stop! *Alt*!« Luca machte eine unmissverständliche Geste, dass sie draußen warten sollte, bis sie hereingerufen wurde.
Aber die Friseuse dachte nicht daran. Jetzt klopfte sie sogar dem Commissario mit ihrem Kamm auf die Brust.
Der verzog unwillig das Gesicht und gab seinem Kollegen ein Zeichen. Agente Felice sprang auf, packte die Friseuse bei den Schultern und schob sie zur Tür hinaus. Bis zum Schluss wehrte sie sich heftig und beschimpfte den Agente.
Luca lächelte die drei !!! entschuldigend an. »Das war irgend so eine Verrückte aus dem Viertel. Die ist schon bekannt bei der Polizei.« Er drehte sich wieder zu den Beamten um und redete weiter.
Kurz darauf holte der Commissario ein Formular heraus und kritzelte einen Text darauf, den Luca ihm diktierte. Das musste die Anzeige sein. Anscheinend war die Sache kompliziert und würde noch länger dauern.
Marie sah sich inzwischen im Präsidium um. Leider gab es nichts allzu Spannendes: Die Einrichtung beschränkte sich auf einen Schreibtisch, zwei Stühle, eine vertrocknete Grünpflanze am Fenster und eine Kaffeemaschine, die heute offenbar noch nicht in Betrieb genommen worden war. In einer Ecke stapelten sich Kartons, die vermutlich Aktenordner enthielten. Darüber hing ein kleines Foto.
Neugierig trat Marie näher. »Das ist ja … das sind ja … Kim, Franzi, das müsst ihr euch ansehen!«
Kim schüttelte ungläubig den Kopf. »Die Taschendiebe vom *Vaporetto*! Sie werden gesucht.«
Franzi versuchte den Text unter dem Foto zu entziffern. »Ich wette, das ist ein Steckbrief der beiden. Das müssen wir Luca unbedingt sofort sagen.«

Die drei !!! unterbrachen das Gespräch zwischen Luca und dem Commissario. Luca hörte ihnen aufmerksam zu, ging auch zum Foto hinüber und übersetzte anschließend dem Commissario alles.
»*Si, si*!«, sagte Commissario Bertani. »*Grazie.*«
Marie holte geistesgegenwärtig eine Visitenkarte aus ihrer Handtasche. »*Numero* … äh … *telefono. Prego*!«
Der Commissario nahm die Visitenkarte und studierte interessiert den aufgedruckten Text.

Dann gab er die Karte an seinen Kollegen weiter, der sie mit einer Büroklammer an das Formular heftete. Luca sagte noch ein paar Sätze, gab den Polizisten die Hand und bedankte sich.
»*Arrivederci*!«, wünschten die drei !!! und verließen zusammen mit Luca das Präsidium. Als sie wieder draußen auf der Gasse standen, platzten sie fast vor Neugier.
»Und, was haben die Polizisten gesagt? Sind sie den Taschendieben auf der Spur?«, wollte Kim wissen.
»Auf der Spur schon«, antwortete Luca. »Aber die Typen sind leider sehr clever. Sie sind der Polizei bereits mehrfach ent-

wischt. Trotzdem war der Commissario natürlich dankbar für euren Hinweis.«
»Und was ist mit unserer Anzeige?«, erkundigte sich Marie.
Luca schenkte ihr ein strahlendes Lächeln. »Die habe ich in eurem Namen aufgegeben. Hat alles geklappt.« Doch auf einmal flog ein Schatten über sein hübsches Gesicht. »Nur haben die Polizisten mir wenig Hoffnung gemacht. Es gibt unglaublich viele Diebstähle in Venedig, müsst ihr wissen. Weit über die Hälfte werden niemals aufgeklärt.«
»Verstehe …«, sagte Kim, die seltsamerweise gar nicht entmutigt war. Irgendwie hatte sie es vorher schon geahnt, dass die Polizei überfordert sein würde. Das spornte sie nur noch mehr an, sich mit dem Club in die Ermittlungen zu stürzen.
»Tausend Dank!« Marie lächelte Luca an. »War total lieb von dir, uns zu helfen. Vielleicht können wir uns ja irgendwann mal bei dir revanchieren.«
Luca lachte. »Ja, vielleicht. Ich suche übrigens gerade dringend einen Ferienjob. Aber ich fürchte, den muss ich selbst finden. Dabei könnt ihr mir nicht helfen.«
»Meinst du?« Marie krauste die Stirn. Scheinbar unlösbare Aufgaben hatten sie schon immer besonders gereizt. »Ich weiß was! Onkel Michele hat doch gestern geklagt, dass er zu wenige Aushilfen in seiner Cateringfirma hat. Könntest du dir vorstellen, dort zu arbeiten?«
»Klar«, sagte Luca sofort. Er ließ Marie gar nicht mehr los mit seinem intensiven Blick.
Marie ahnte, dass er auch »Klar!« gesagt hätte, wenn sie ihn gefragt hätte, ob er sie küssen würde. »Super«, sagte sie schnell. »Ich lege ein gutes Wort für dich ein.«
Luca bedankte sich herzlich. »Also dann, bis bald!« Er setzte seine Sonnenbrille auf, in der sich die glitzernden Wellen des Kanals spiegelten, und ging lässig davon.

Kaum war er um die Ecke gebogen, zog Marie ihr Handy heraus und schickte Onkel Michele eine SMS. Ein paar Sekunden später kam seine Antwort zurück:

Tolle Idee, Marie!
Luca kann gerne heute schon anfangen, wir haben so viele Aufträge wie noch nie.
Ciao, Michele

Marie simste ihrem Onkel noch schnell Lucas Handynummer und steckte dann das Handy weg. »Es klappt! Ist das nicht genial?«

Kim und Franzi kicherten. »Genial, genial, Luca ist genial!«, summte Franzi mit einer spontan erfundenen Melodie vor sich hin.

»Du bist so was von albern!«, sagte Marie, konnte aber leider nicht vermeiden, dass sie rot wurde.

Um ihre Freundin nicht noch mehr in Verlegenheit zu bringen, wechselte Kim rasch das Thema: »Wir haben noch jede Menge Zeit bis zum Abendessen. Kommt, lasst uns Alessandro beschatten! Marie, du weißt doch bestimmt, wo er wohnt.«

»Ich? Wieso? Nein, seine Adresse hat er mir nicht gesagt«, antwortete Marie.

Kim machte ein entsetztes Gesicht. »Oh nein! Und wie finden wir die nun unauffällig raus?«

Während Marie und Kim angestrengt überlegten, grinste Franzi still in sich hinein. »Kein Problem! Alessandro ist heute Nachmittag sowieso nicht zu Hause.«

»Woher willst du das wissen?«, fragte Marie verdutzt. »Los, erzähl schon!«

Endlich rückte Franzi mit ihrem Wissen heraus: »Ich hab auf

der Party zufällig gehört, wie Alessandro zu jemandem gesagt hat, dass er fast jedes Wochenende am Lido verbringt, am Strand eines Hotels von Bekannten.« Den Namen des Hotels hatte sich Franzi auch gemerkt.

Kim pfiff bewundernd durch die Zähne. »Tolle Arbeit! Danke dir. Also – worauf warten wir noch? Auf zum Lido, dort fragen wir uns zum Hotel durch!«

Laut Kims Stadtplan war es leider ziemlich weit bis zur Anlegestelle, von der die kleineren Passagierschiffe, die *motoscafi*, zum Lido fuhren.

Marie entdeckte eine Abkürzung über ein paar kleinere Gassen und Plätze. »So schaffen wir es in der Hälfte der Zeit«, versicherte sie.

Gut gelaunt brachen die drei !!! auf. Marie ging zielstrebig voran, Kim und Franzi folgten ihr. Zunächst achteten die beiden nicht auf die Namen der Gassen und Plätze. Aber irgendwann, als die Anlegestelle längst hätte auftauchen müssen, blieb Franzi ratlos vor einem Stoffgeschäft stehen. »Der Laden kommt mir bekannt vor und die Gasse auch. Hier waren wir schon mal!«

Marie drehte den Kopf mehrfach nach rechts und nach links. Dann wurde sie blass. »Ich glaube, wir haben uns verlaufen!«

Beschattung am Lido

Die Gasse war eng, dunkel und menschenleer. Jemand hatte Wäscheleinen von einem Haus zum gegenüberliegenden gespannt. Die weißen Laken blähten sich im Wind und sahen aus wie Gespenster. Man konnte den Kanal nicht sehen, aber den modrigen Schlamm riechen. Kims Atem beschleunigte sich. Verzweifelt kämpfte sie gegen die aufsteigende Panik an.
»Wir müssen jetzt vor allem Ruhe bewahren«, sagte sie. Ihre Stimme hallte als heiseres Echo von den Hauswänden wider.
»Das ist das Wichtigste. Genau«, sagte Franzi betont forsch. Kim, die ihre Freundin gut kannte, wusste, dass ihr ziemlich mulmig zumute sein musste.
»Und jetzt?«, murmelte Marie unsicher.
»Lasst uns bis zum Ende der Gasse gehen«, schlug Franzi schließlich vor. »Vielleicht stoßen wir dort auf einen Platz, wo Leute sind, oder sehen endlich ein Schild, auf dem ein Straßenname steht.«
Beklommen machten sie sich auf den Weg. Allmählich wurde es heller. Der Platz, den sie kurz darauf erreichten, lag friedlich in der Nachmittagssonne. Auf einmal kam Kim ihre Angst von vorhin völlig übertrieben vor. Sie atmete ein paar Mal tief durch. Danach ging es ihr besser.
»Da vorne ist ein Maskenladen!«, rief Marie plötzlich. »Wisst ihr was? Da gehen wir rein und fragen nach der Anlegestelle.«
Ein silbernes Glöckchen klingelte, als Marie die Ladentür öffnete. Das Geschäft war sehr klein. An den Wänden hingen Fotos vom Karneval in Venedig. In den Regalen lagen venezianische Karnevalsmasken bunt nebeneinander: die weitverbreiteten Halbmasken, aber auch Harlekine, Columbinen, Teufels- und Tiermasken. Die Atmosphäre erinnerte Marie

an das prickelnde Lampenfieber, wenn sie kurz vor einer Theateraufführung in ihr Kostüm schlüpfte.
»*Buon giorno*!«, rief Marie in den Raum hinein. Dann erst entdeckte sie die Ladenbesitzerin hinter der Kasse. Sie war Ende fünfzig, trug knallrote Stöckelschuhe zum schwarzen Wickelkleid und einen dicken Lidstrich um die Augen. Lächelnd erwiderte sie den Gruß.
»*Scusi, motoscafo … Lido …*« Marie hielt der Besitzerin Kims Stadtplan hin und tippte auf die Anlegestelle.
»Ihr kommt aus Deutschland, nicht wahr? Ein schönes Land! Und jetzt habt ihr euch verlaufen? Kein Problem! Das passiert vielen Touristen, selbst wenn sie schon öfter hier waren.« Bereitwillig erklärte sie ihnen, wo sie jetzt waren und wie sie zur Anlegestelle kamen.
Es stellte sich heraus, dass sie leider genau in die entgegengesetzte Richtung gelaufen waren. Marie beschloss, das nächste Mal lieber nicht Fremdenführerin in einer Stadt zu spielen, die sie nicht kannte.
»Vielen Dank!«, sagte Franzi. »Sie haben uns sehr geholfen.«
Die Besitzerin winkte ab. »Ist doch selbstverständlich. Kann ich sonst noch etwas für euch tun?«
Marie nickte. »Ich möchte eine Maske kaufen. Die hier gefällt mir zum Beispiel sehr gut.« Sie zog eine weiße Halbmaske mit Goldverzierung aus dem Regal.
»Oh, von der Art habe ich noch viel schönere!«, sagte die Besitzerin. Sie breitete auf ihrem Ladentisch mehrere, fantasievolle Masken aus, alle in liebevoller Handarbeit hergestellt.
Marie hatte die Qual der Wahl. Am Ende kaufte sie gleich drei Karnevalsmasken: eine goldene Halbmaske, eine Vogelmaske und eine mit violettem Federschmuck. Vielleicht konnten sie die Masken bei ihren Ermittlungen noch gebrauchen.

Die drei !!! verließen mit dem Karton den Laden. Dank der guten Wegbeschreibung kamen sie sicher und schnell ans Ziel.
Auf der Fahrt zum Lido schoben sich kurzzeitig ein paar Wolken vor die Sonne. Trotzdem blieb es angenehm warm. Marie ließ sich vom Fahrtwind die Haare zerzausen und genoss die Weite des Meeres.
Das Hotel war zum Glück leicht zu finden. Es lag zentral an der Strandpromenade, so wie es ihnen die Besitzerin des Maskenladens gesagt hatte. Der moderne Hotelkomplex wurde von einem geschwungenen Vordach abgeschirmt und sah ziemlich vornehm aus.
»Lasst mich nur machen!«, sagte Marie. Energisch strich sie ihr Kostüm glatt und ging voraus durch die Drehtür.
In der Lobby herrschten Kühlschranktemperaturen. Genauso frostig war leider auch der Empfang an der Rezeption. Der Empfangschef musterte sie geringschätzig und hielt es nicht mal für nötig, sie zu grüßen.
Marie ließ sich davon nicht beirren. Mit einem strahlenden Lächeln erkundigte sie sich nach Alessandro. »Wir sind verabredet«, behauptete sie. »Unser Cousin Alessandro erwartet uns am Strand.«
»Der Hotelstrand ist nur für Gäste zugänglich. Sie sind keine Gäste unseres Hauses, nehme ich an?« Der Empfangschef entfernte eine unsichtbare Staubfluse von seinem dunklen Anzug.
»Oh doch, das sind wir, unsere Eltern kommen gleich zum Einchecken«, versicherte Marie. »Wir würden gerne mit Alessandro eine kleine Erfrischung am Strand einnehmen und schon mal einen Blick in die Abendkarte des Restaurants werfen. Das Dinner hier soll ausgezeichnet sein, sagt Alessandro.«
»Die Abendkarte, sehr gerne!« Endlich taute der Empfangs-

chef auf. Er machte eine knappe Verbeugung. »Wenn Sie mir bitte folgen möchten. Die Terrasse ist da drüben und von dort haben Sie direkten Zugang zum Strand.«

Kim und Franzi warfen Marie einen bewundernden Blick zu. Wieder einmal hatte sie es geschafft, ihnen sämtliche Türen zu öffnen.

Eine Viertelstunde später lagen die drei !!! auf bequemen Liegestühlen. Weißblaue Sonnenschirme schützten sie vor der prallen Sonne. Ein Ober brachte ihnen eisgekühlte Ananascocktails. Marie lehnte sich zurück und tat so, als würde sie eifrig die Speisekarte studieren. In Wirklichkeit hielt sie hinter ihrer dunkeln Sonnenbrille Ausschau nach Alessandro.

Der Hotelstrand war ziemlich leer. Die Badesaison hatte noch nicht begonnen und einige Gäste hatten heute Terrasse und Pool dem Strand vorgezogen. Alessandro war leider weit und breit nicht zu sehen.

»Er kommt bestimmt noch«, sagte Franzi und spielte mit ihrem Strohhalm. »Wir müssen nur ein bisschen warten.« Normalerweise war sie nicht besonders geduldig und hasste diesen wenig spektakulären Teil der Detektivarbeit, aber hier am Strand ließ es sich aushalten.

Plötzlich hörten sie ein helles Lachen, gefolgt von einer näselnden Stimme: »Dort ist es schön, oder?«

»Ja, danke«, sagte das Mädchen mit dem hellen Lachen.

Ein junges Pärchen besetzte Liegestühle in der ersten Reihe. Beinahe hätte Marie Alessandro nicht erkannt, weil seine dunkelblonden Haare unter einer Kappe mit breitem Schirm versteckt waren. Doch die selbstverständliche Art, wie er sich bewegte, als ob ihm das Hotel inklusive Strand höchstpersönlich gehören würde, war natürlich typisch für ihn.

»Erzähl mir ein bisschen mehr von dir!«, sagte Alessandro. Der Wind wehte seine Worte in die Richtung von Kim, Franzi und Marie. »Bisher weiß ich nur, dass du Luisa heißt und aus Berlin kommst.«

Luisa verteilte sorgfältig Sonnencreme auf ihren zart gebräunten Schultern und fing an, sehr schnell und sehr leise zu reden. Marie verstand zwar nicht, was sie sagte, konnte aber problemlos erschließen, dass die attraktive Deutsche mit den kurzen schwarzen Haaren aus gutem Hause stammte. Das bodenlange Strandkleid mit Blumenprint hatte ein namhafter Designer entworfen und die silbernen Ohrringe und die dazu passende Halskette sahen teuer aus.

»Ich muss mich übrigens bei dir entschuldigen!« Alessandro machte ein zerknirschtes Gesicht. »Ich war am Anfang so distanziert zu dir, weil ich grundsätzlich misstrauisch bin. Viele Mädchen interessieren sich nämlich nur für mein Geld und meinen guten Namen. Ich will aber um meiner selbst willen geliebt werden.«

»Das glaub ich jetzt nicht!«, murmelte Marie entrüstet. »Genau dasselbe hat er mir auch erzählt. Zum Glück bin ich auf seine miese Flirtmasche nicht reingefallen.«

Luisa kicherte amüsiert. Sie redete jetzt lauter. »Keine Sorge! Ich werde dich nicht ausnutzen. Allerhöchstens werde ich dich als Shoppingberater missbrauchen. Du musst mit mir in die Nobelboutiquen rund um San Marco gehen. Aber die Kreditkarte werde ich dann schon selbst zücken.«

Ein zufriedenes Lächeln huschte über Alessandros Gesicht. Wahrscheinlich überlegte er gerade, wie Luisas Schmuck am geschicktesten in seine Hosentasche wandern könnte. »Komm, lass uns einen kleinen Strandspaziergang machen!«, schlug er vor. »Ich zeige dir meine Lieblingsbucht.«

Luisa stand auf und streifte ihre Glitzersandalen ab. »Gute Idee!«

Barfuß schlenderte das Paar durch den feinen Sandstrand zum

Wasser. Bald waren sie hinter den vielen Sonnenschirmen verschwunden.
Kim drehte sich unauffällig zur Hotelterrasse um. Von den Angestellten war niemand zu sehen. »Die Luft ist rein«, raunte sie Marie und Franzi zu.
Gleichzeitig erhoben sich die Detektivinnen von ihren Liegestühlen und liefen zu Alessandros Platz hinüber. Er hatte sein weißes Leinenjackett nachlässig über die Lehne geworfen. Die Strandtasche lag daneben.
Marie warf sich die langen Haare über die Schulter. »Hilfst du mir?«, fragte sie Kim laut. »Du kannst immer so einen tollen Pferdeschwanz binden.«
»Klar«, sagte Kim. Sie stellte sich mit Marie so hin, dass von der Terrasse aus niemand Franzis geheime Aktion beobachten konnte. Routiniert untersuchte Franzi zuerst Alessandros Jackett und anschließend die Strandtasche. Im Jackett fand sie eine Packung Kaugummis. In der Tasche waren ein Handtuch, ein italienischer Krimi, Deo und Sonnencreme. Kein Gegenstand, der verdächtig klimperte, nichts Wertvolles und leider auch nicht Maries Opalring.
»Fehlanzeige, Rückzug«, flüsterte sie.
Und schon hatte Kim Maries Pferdeschwanz fertig gebunden. Die drei !!! liefen zu ihren Liegestühlen und packten rasch ihre Sachen zusammen. Bisher hatte Alessandro sie nicht entdeckt, aber sie wollten das Risiko nicht eingehen, dass er sie nach seiner Rückkehr doch noch bemerkte.
Wortlos gingen sie zurück in die Lobby. Marie gab lächelnd die Speisekarte zurück und sagte zum Empfangschef: »Hervorragendes Menü, besonders die Weinbegleitung! Wir werden morgen einen Tisch reservieren. Auf Wiedersehen!«
»Auf Wiedersehen, die Damen!«, sagte der Empfangschef und verabschiedete sich formvollendet.

Hoch erhobenen Hauptes verließen Kim, Franzi und Marie das Hotel und fingen erst draußen an zu rennen. Sie erreichten gerade noch rechtzeitig ein *motorscafo*, das im Begriff war abzulegen, und gingen atemlos an Bord.
»Ich hab den Ring nicht gefunden«, berichtete Franzi. »Das wäre aber auch zu schön gewesen.«
Marie versuchte sich ihre Enttäuschung nicht anmerken zu lassen. »An seiner Stelle hätte ich so ein wertvolles Beutestück aber auch nicht an den Strand mitgenommen. Wahrscheinlich hat er den Ring bei sich zu Hause versteckt.«
»Oder womöglich schon verkauft«, fügte Kim stirnrunzelnd hinzu. »Was wir natürlich nicht hoffen …«
Marie stützte sich mit den Ellenbogen auf der Reling ab und starrte auf die Möwen, die im Windschatten des Bootes mitflogen. Es sah so leicht aus, wie sie ihre Schwingen ausbreiteten und darauf vertrauten, dass sie von der Luftströmung getragen wurden.
»Auf jeden Fall hat Alessandro sich noch verdächtiger gemacht«, sagte Marie. »Luisa scheint sein nächstes Opfer zu sein. Wir müssen sie warnen. Und wir müssen herausfinden, wo Alessandro wohnt.«
»Ich freu mich schon darauf, sein Zimmer zu durchsuchen!«, sagte Franzi und beugte sich nach vorne. Backbord voraus war der Campanile zu sehen und neben ihm die höchste der fünf Kuppeln der Markuskirche. Verheißungsvoll glänzte sie in der Abendsonne und grüßte die drei !!! wie alte Bekannte.

Venedig bei Nacht

Marie musste sich vor dem Abendessen dringend umziehen. Das dunkelgrüne Kostüm war genau richtig für den Ortstermin im Präsidium gewesen, aber später am Strand hatte der leichte Wollstoff sich als viel zu warm erwiesen. Marie schlüpfte in ein hellblaues Hemdblusenkleid, schlang sich eine Muschelkette um den Hals und zog ihre neuen dunkelblauen Ballerinas an. Danach legte sie ein dezentes Abend-Make-up auf und ging hinunter ins Esszimmer. Schon von Weitem hörte sie Onkel Micheles tiefe Stimme. Er machte anscheinend irgendeine lustige Bemerkung, denn Kim und Franzi kicherten ungehemmt los.

»Darf ich auch mitlachen?«, fragte Marie. Sie steuerte auf ihren Stuhl zu, blieb jedoch mitten im Raum abrupt stehen.

»Natürlich«, sagte Onkel Michele. Er wiederholte seinen Satz, aber Marie war viel zu abgelenkt, um aufmerksam zuzuhören. Sie konnte ihre Augen nicht von der schlanken Person in der schwarzen Lederjacke lösen, die bereits am Tisch saß: Luca!

»Na, was sagst du zu unserem Überraschungsgast?«, fragte Tante Florentine. »Michele hat ihn spontan eingeladen.«

»Hallo Luca!« Von Maries anfänglicher Unsicherheit war nichts mehr zu spüren. »Schön, dass du da bist.« Ruhig setzte sie sich neben ihn, während ihr Herz Luftsprünge machte.

Luca zwinkerte ihr zu. »Danke! Das mit dem Ferienjob vergesse ich dir nie.«

»Gerne«, murmelte Marie. Um sich zu beschäftigen und Luca nicht dauernd anzusehen, häufte sie sich reichlich hausgemachte Tortellini auf den Teller.

Onkel Michele brachte mit dem Messer sein Weinglas zum Klingen. »Lasst uns auf Luca anstoßen! Er hat uns heute

Nachmittag gerettet. Wenn er nicht in der Cateringfirma eingesprungen wäre, hätten wir die Aufträge nie geschafft.«
Tante Florentine und Onkel Michele hoben ihre Weingläser. Die drei !!! prosteten Luca mit ihren Saftgläsern zu.
Luca wurde ein bisschen verlegen und nippte nur kurz an seinem Saft. »Ich muss mich bedanken, dass Sie mir gleich einen Ferienjob angeboten haben.«
»…. dass *du* mir einen Ferienjob angeboten hast«, verbesserte Onkel Michele. »Sag bitte du zu uns! Das war gar keine Frage. Du hast so tüchtig mit angepackt. In den nächsten zwei Wochen wollen wir auf gar keinen Fall auf dich verzichten.«
Marie wurde schwindelig vor Freude. Erst gestern hatte sie sich noch sehnlich gewünscht, Luca während ihres Aufenthalts möglichst oft zu sehen. Und gleich heute ging ihr Wunsch in Erfüllung!
Nach der Pasta gab es Kalbsleber mit Zwiebeln, Ofenkartoffeln mit frischen Rosmarinzweigen und gebratenen Radicchio. Es war ein rundum schöner Abend. Luca und Onkel Michele lagen auf derselben Wellenlänge und hatten einen ähnlichen Humor. Die beiden erzählten eine venezianische Anekdote nach der anderen. Am schönsten fand Marie, als Luca erzählte, wie er einmal in einen Kanal gefallen war.
»Ich war als Kind ziemlich wild«, gestand er, »und musste überall hochklettern: auf Stangen, Mauern, Bäume. Auf das Brückengeländer hätte ich lieber nicht klettern sollen, vor allem nicht im November. Oh Mann, war das Wasser eisig! Aber ich hatte Glück. Ein Nachbar hat mich herausgefischt. Ich sah aus wie ein schleimiges Monster. Mein ganzer Körper war voller Schlamm, Algen und Müllreste. Ich fand es supertoll. Meine Mutter eher weniger …«
Marie war gerührt – und ein ganz klein wenig eifersüchtig. Auf Lucas Mutter und all die anderen Menschen, die ihn

schon als Kind gekannt hatten. Was hätte sie darum gegeben, damals mit Luca aufzuwachsen. Marie und Luca, zwei unzertrennliche Kinder in Venedigs Altstadt, die sich später heftig ineinander verliebten …

»Hat dir das Essen nicht geschmeckt?« Tante Florentine zeigte auf Maries Teller, der fast unberührt war.

Marie riss sich von ihren Tagträumen los. »Doch, doch!«, versicherte sie. »Die Gespräche waren nur so spannend.«

»Alles klar …«, sagte Tante Florentine mit einem unauffälligen Seitenblick zu Luca. Maries Gefühle für den Überraschungsgast waren ihr nicht entgangen. Zum Glück verlor sie kein weiteres Wort darüber.

Schnell schob sich Marie ein paar Bissen Kalbsleber in den Mund, die inzwischen leider kalt und etwas zäh geworden war.

»Wie geht es eigentlich Dario?«, erkundigte sich Onkel Michele. Er wandte sich an Luca und reichte ihm dabei den Brotkorb.

Luca nahm sich ein Stück Baguette. »Äh … wem?«

»Dario Testa«, antwortete Onkel Michele. »Meinem Freund, mit dem du zu unserer Party gekommen bist.«

»Ach so, ja, gut …« Luca nuschelte etwas, weil er gleichzeitig an seinem Baguette kaute. »Die Party war übrigens super. Ich hab mich richtig gut amüsiert.« Sein Blick wanderte hinüber zu Marie, während er leise eine Tangomelodie summte.

Am liebsten wäre Marie sofort aufgesprungen, um mit Luca einen Tango quer durchs Esszimmer zu tanzen. Sie musste sich regelrecht zwingen, sitzen zu bleiben und es nicht zu tun.

Das Gespräch drehte sich eine Weile um die Party. Kim und Franzi erzählten von der spannenden Kickerpartie. Dann begann Tante Florentine, das Geschirr abzuräumen. »Für alle, die noch nicht satt geworden sind, gibt es jetzt noch ein kleines *dolce* – ein Dessert«, kündigte sie an.

Kim bekam leuchtende Augen und malte sich aus, was es sein könnte. Panna cotta vielleicht? Oder frische Erdbeeren mit Vanilleeis? Tante Florentine wollte leider noch nichts verraten.
Onkel Michele rückte seinen Stuhl nach hinten. »Entschuldigt mich bitte! Ich muss vor dem Dessert schnell noch mal runter ins Erdgeschoss. Was furchtbar langweiliges Geschäftliches.« Er seufzte. »Dauert nicht lange.«
Als er verschwunden war, bot Kim Tante Florentine an, ihr in der Küche zu helfen.
»Wir kommen auch gerne mit«, sagte Franzi, die sich bei all den Prachträumen im Palazzo in die bescheidene Wohnküche verliebt hatte. Die fand sie total gemütlich.
Marie ärgerte sich ein bisschen über Franzis Angebot. Sie wäre lieber noch mit Luca am Tisch sitzen geblieben. Aber Luca stand jetzt auch auf und fragte nach der Toilette.
»Ein Stockwerk höher«, sagte Tante Florentine. »Die zweite Tür links.«
Die drei !!! begleiteten Maries Tante in die Küche. Dort holte sie eine große Glasschale aus dem Kühlschrank. Unter der Klarsichtfolie schimmerte verführerisch eine dünne Schicht Kakao.
»Tiramisu!«, rief Kim begeistert und fuhr sich mit der Zunge über die Lippen.
Marie musste bei Kakao sofort wieder an Luca denken. Seine Haut war zart gebräunt, das sah wundervoll aus zu seinen schwarzen Haaren.
»Marie, wärst du so lieb und würdest die grünen Glasschalen aus der Vitrine im Flur holen?«, fragte Tante Florentine.
Marie fühlte sich ertappt und sagte schnell: »Natürlich!« Sie war froh, für eine kurze Zeit alleine zu sein und ihre Gefühle wieder unter Kontrolle bekommen zu können.

Auch die Vitrine war eine kostbare Antiquität. Aus Ahornholz gearbeitet und mit einem hellen Lack versehen, brachte sie Glanz ins dunkle Treppenhaus. Marie öffnete vorsichtig die Glastür und suchte nach den grünen Schalen. Sie standen neben Sektkelchen aus fein geschliffenem roten Glas, die vermutlich von der berühmten Glasmacherinsel Murano stammten. Marie zählte die Schalen ab, bevor sie sie herausnahm. Da hörte sie etwas. Ein Geräusch auf der Treppe. Tastende Schritte hinunter ins Erdgeschoss von jemandem, der versuchte, so leise wie möglich zu sein. Marie hielt den Atem an und lauschte.

Wer war das? Onkel Michele? Nein, der trat immer sehr laut auf. Kim, Franzi und Tante Florentine kamen auch nicht infrage. Die waren immer noch in der Küche. Vielleicht jemand von den Angestellten aus der Cateringfirma? Aber die waren doch sicher längst nach Hause gegangen!

Plötzlich schloss Marie ein bedrohlicher Gedanke durch den Kopf: Hatte Alessandro sich Zutritt zum Palazzo verschafft? Hoffte er, hier noch mehr Schmuck zu finden als nur den Opalring?

Marie straffte ihren Körper. Die Ballerinas waren perfekt, Marie konnte sich auf ihnen wie eine Katze anschleichen. Lautlos näherte sie sich der Treppe, trat nacheinander auf die ersten beiden Stufen – und zuckte zusammen.

»Aaaah!«

Was war das gewesen? Jemand hatte einen halb unterdrückten Schmerzensschrei von sich gegeben. Marie sprintete los. Auf den unteren Stufen der Treppe lag jemand, mit dem Kopf nach unten und den Beinen nach oben. Die Jacke der Person war verrutscht. Die linke Hand verschwand unter dem schlaffen Ärmel. Der Junge mit den schwarzen Haaren bewegte sich nicht. Luca!

Maries Herz blieb vor Schreck kurz stehen, bevor es wild weiterhämmerte. Verzweifelt rannte sie die Treppe hinunter. »Was ist los? Hast du dich verletzt?«

Luca richtete sich stöhnend auf. Er sortierte mühsam seine Arme und Beine, dann berührte er sein Knie und presste die Lippen aufeinander. Schweißperlen traten auf seine Stirn. »Diese verflixte Stufe! Ich hab sie im Dunkeln nicht gesehen und bin gestolpert.«

»Du Armer!« Marie setzte sich neben Luca. Seine Hose war am Knie aufgerissen. Unter dem kreisrunden Loch war die Haut aufgeschürft. Eine Stelle blutete.

»Kommt alle her! Luca hat sich verletzt!«, rief Marie.

Sofort stürzten alle ins Treppenhaus.

Luca war das Ganze sichtlich peinlich. Er wollte aufstehen, aber Tante Florentine drückte ihn sanft wieder nach unten. »Schön langsam! Bleib erst mal ruhig sitzen.«

»Ich hole Verbandszeug«, sagte Onkel Michele.

»Und ich ein Glas Wasser«, sagte Kim.

Marie wollte einfach nur bei Luca sein, in seiner Nähe, um zu spüren, dass nichts Schlimmes passiert war. Ein aufgeschürftes Knie verheilte wieder. Marie durfte gar nicht daran denken, dass Luca sich auch ernsthaft hätte verletzen können.

»Es geht schon wieder«, sagte Luca zu ihr. »Sieh mich nicht so erschrocken an.« Er strich Marie über die Schulter. In dieser leichten Berührung lag ein Zauber. Es war, als würde er Marie nach einem Sturz trösten und nicht umgekehrt.

Alle kümmerten sich liebevoll um Luca. Onkel Michele sprühte Desinfektionsspray auf die Wunde und klebte ein Pflaster aufs Knie. Ein Verband war zum Glück nicht nötig, die Stelle hörte bald von selbst auf zu bluten. Luca trank gehorsam ein paar Schlucke Wasser und bedankte sich bei allen. Schließlich organisierte Tante Florentine noch eine alte Hose

ihres Mannes. »Du kannst sie so lange behalten, wie du möchtest.« Jetzt erlaubte sie Luca auch aufzustehen.
Er wirkte ein bisschen wackelig auf den Beinen. Marie half ihm, wieder richtig in seine Lederjacke hineinzuschlüpfen. Dabei rutschte ein rundlicher Gegenstand aus seiner Jacke. Eine Foto- oder Videokamera, wie Marie aufgrund der gepolsterten Aufbewahrungstasche vermutete. »Hoffentlich funktioniert sie noch«, sagte sie. »Du solltest sie am besten gleich testen.«
Luca schob die Kamera schnell zurück in seine Jacke. »Danke. Das mache ich sofort, wenn ich zu Hause bin.« Er humpelte ein wenig, lief aber, ohne zwischendurch eine Pause einzulegen, die Treppen hoch und verschwand im Badezimmer.
Nach dem überstandenen Schreck tat es allen gut, wieder im Esszimmer am Tisch zu sitzen und das leckere Tiramisu zu essen. Luca bekam von Onkel Michele einen extra starken, doppelten Espresso vorgesetzt, den er in einem einzigen Zug hinunterkippte.
»Vielen Dank für das wunderbare Essen!«, sagte er danach. »Ich glaube, ich gehe jetzt nach Hause. Morgen muss ich früh aufstehen. Mein neuer Chef soll sehr streng sein, da darf ich nicht zu spät kommen.«
Onkel Michele stutzte kurz, dann stimmte er ein dröhnendes Lachen an. »Uuuh! Gut, dass ich deinem schrecklichen Chef noch nie begegnet bin. Also dann, *ciao*, Luca!«
Tante Florentine wünschte Luca gute Besserung. Kim und Franzi sagten auch »*Ciao*!« und Marie stand rasch auf. »Ich begleite dich noch zur Tür.«
»Danke«, sagte Luca nur. Seine leuchtenden Augen sagten viel mehr als das.
Luca humpelte fast gar nicht mehr, wie Marie erleichtert feststellte. Onkel Micheles Hose war ihm mindestens zwei Num-

mern zu groß. Er hatte sie mit seinem Gürtel hochgerafft und sah seltsamerweise darin richtig cool aus.
Marie und Luca traten in die kühle Nacht hinaus. So überfüllt Venedig tagsüber war, so ruhig war es jetzt. Marie hörte auf einmal ihr Herz aufgeregt in den Schläfen pochen und sie konnte sogar Lucas Atem hören. Schweigend gingen sie ein Stück am Kanal entlang. Eine Gondel mit einem verliebten Pärchen glitt vorbei. Überall in den Häusern brannte Licht, das sich sanft flackernd im dunklen Wasser spiegelte.
Luca schwieg und das machte Marie von Minute zu Minute nervöser. Hätte sie ihn doch nicht begleiten sollen? Wollte er lieber alleine sein und so schnell wie möglich nach Hause?
Dann blieb Luca vor einer Brücke stehen und sah Marie tief in die Augen. »Ich muss es dir endlich sagen«, brach es aus ihm heraus. »Ich halte es nicht mehr länger aus!«
»Was denn?«, fragte Marie beunruhigt.
Luca holte tief Luft. »Ich hab mich in dich verliebt, Marie! Ich weiß, das klingt verrückt, weil wir uns erst zwei Tage kennen. Aber ich habe das Gefühl, wir kennen uns schon viel, viel länger.« Er griff nach Maries Hand. »Bitte, du musst hier bei mir in Venedig bleiben! Ich kann ohne dich nicht leben.«
Maries Hand fing an zu zittern. Hastig zog sie sie zurück. Auf einmal kamen ihr Venedig, der Kanal und die eleganten Häuser wie eine Kulisse vor und Lucas Geständnis wie ein unwirklicher, schöner Traum.
»Hab ich dich erschreckt?«, fragte Luca leise.
Marie schüttelte stumm den Kopf. Luca hatte sie überrascht, verwirrt, er hatte eine Saite in ihrer Seele berührt, die sie noch nie zuvor gespürt hatte. In diesem Augenblick wurde ihr klar, dass sie sich Hals über Kopf in ihn verliebt hatte. Und es gab sogar einen Beweis dafür: Seit sie in Venedig war, hatte sie kein einziges Mal an Holger gedacht!

»Marie, *cara mia*, Liebste!« Luca zog sie sanft an seine Brust, nahm ihren Kopf behutsam in seine Hände und küsste sie.
Es war der schönste Kuss, den Marie je bekommen hatte. Und all das Wunderbare passierte hier, jetzt, an diesem Abend in Venedig! Marie streichelte Lucas Wange, damit sie es auch wirklich glauben konnte.
»Sehen wir uns morgen?«, fragte er.
»Ja«, hauchte Marie an seiner Wange, die nach Rasierwasser und Tiramisu duftete. Sie wollte Luca gar nicht loslassen, aber irgendwann musste er gehen. Die Nacht verschluckte seine schmale Gestalt, noch bevor er bei der kleinen Kirche um die Ecke bog.
Marie ging wie eine Schlafwandlerin zurück zum Palazzo. Auf ihren Lippen spürte sie immer noch Lucas' Kuss, auf ihrer Wange war immer noch ein Hauch seines wunderbaren Duftes. Leise schlüpfte sie ins Haus. Tante Florentine und Onkel Michele hatten sich bereits in ihr Schlafzimmer zurückgezogen. Kim und Franzi lagen zwar auch schon in den Betten, aber sie waren noch wach und wollten natürlich unbedingt wissen, was passiert war.
Marie warf sich mit Kleid und Schuhen aufs Bett. »Was passiert ist? Venedig ist die Stadt der Liebe, oder? Und ich hab hier in Venedig meine große Liebe gefunden: Luca!«
»Ich wusste es!«, rief Franzi begeistert. »Gleich am ersten Abend, als ihr zusammen Tango getanzt habt. Ich hab dich noch nie so verliebt gesehen.«
Marie wurde rot. Franzi war mit ihrer Erkenntnis schneller gewesen als sie selbst.
»Wie schön für dich«, sagte Kim. Sie lag auf dem Bauch und hatte ihren Kopf auf ein Kissen gebettet. »Aber ist das alles nicht ein bisschen schnell gegangen? Sei vorsichtig, du kennst Luca doch noch gar nicht richtig.«

Marie war gekränkt. Aus irgendeinem Grund konnte Kim sich nicht für sie freuen. War sie etwa eifersüchtig, weil ihre Beziehung mit Michi in die Brüche gegangen war?
»Das spielt keine Rolle!«, sagte Marie empört. »Hast du noch nie was von Liebe auf den ersten Blick gehört? Franzi ging es mit Felipe doch auch nicht anders.«
»Klar, natürlich«, gab Kim zu und verstummte.
Marie erzählte noch ein bisschen von Luca und dem romantischen Spaziergang draußen am Kanal. Dann wurde sie auf einmal von einer heftigen Müdigkeit überfallen. Schnell ging sie zum Abschminken und Zähneputzen ins Bad und legte sich danach ins Bett. Trotz Müdigkeit konnte sie lange nicht einschlafen. Luca war überall: in ihrem Kopf, in ihrem Bauch und in ihrem Herzen. Irgendwann schlummerte sie dann doch ein. Im Traum fuhr sie mit Luca in einer Gondel unter einer Brücke hindurch. Sie trug ein weißes Kleid und Luca lüftete ihren zarten Schleier, bevor er sie zärtlich küsste.

Befragung im Museum

Zum Samstagsfrühstück gab es für Kim und Franzi frische Croissants. Für Marie gab es Luft und Liebe. Sie träumte vor sich hin, während sie mit den Fingern über den Rand ihres Wasserglases fuhr, und dachte an die SMS von Luca, die sie gerade bekommen hatte. Heute Nachmittag würde sie ihn wiedersehen! Sie würde ihn gegen 14 Uhr von der Arbeit abholen, danach würden sie einen Bummel durch die Gassen rund um San Marco machen und anschließend in Lucas Lieblingscafé gehen. Marie konnte es kaum erwarten, sich nach der Hausdurchsuchung bei Alessandro mit einem Date zu belohnen.

Tante Florentine riss Marie mit einem begeisterten Händeklatschen aus ihren Träumen. »Wisst ihr, was wir heute Vormittag machen? Ich zeige euch zwei großartige Museen: zuerst die Gemäldesammlung *Gallerie dell'Accademia*. Dort hängen lauter berühmte Werke von Tizian, Tintoretto und Veronese. Und danach lassen wir uns von der modernen Kunst des Guggenheim-Museums inspirieren. Na, was haltet ihr von der Idee?«

Jetzt waren die Detektivinnen in der Zwickmühle. Entweder mussten sie ihr Detektivgeheimnis um den gestohlenen Ring lüften oder den Vorschlag von Maries Tante annehmen.

»Wie lange wird denn das dauern?«, fragte Franzi vorsichtig. »Sind wir den ganzen Tag unterwegs?«

»Nein, nein!« Tante Florentine lachte. »Die Museen sind beide in unserem Stadtviertel. Zur Gemäldesammlung ist es nur ein Katzensprung. Spätestens mittags sind wir wieder hier.«

»Super«, sagte Kim. »Am Nachmittag wollten wir nämlich alleine losziehen und Alessandro besuchen.«

Onkel Michele, der sich bisher nicht zu Wort gemeldet hatte, tauchte hinter seiner Zeitung auf. »Da wird er sich bestimmt freuen. Soll ich euch schnell die Adresse raussuchen?« Er stand auf und kramte in einer Schublade des Küchenschranks. Tante Florentine bereitete inzwischen am Herd heißen Kakao für die drei !!! zu.

Marie nutzte die Gelegenheit, um Kim und Franzi zuzuflüstern: »Nachmittags kann ich nicht. Da bin ich mit Luca verabredet.«

Franzi flüsterte genervt zurück: »Dann musst du das Treffen eben verschieben.«

»Niemals!«, zischte Marie.

Kim kam nicht mehr dazu, einen Vermittlungsversuch zwischen ihren Freundinnen zu starten, weil Tante Florentine die heiße Schokolade brachte. Sie roch köstlich nach Vanille, war aber viel dickflüssiger als der *Kakao Spezial*, den die Detektivinnen immer zu Hause im *Café Lomo* tranken.

Marie löffelte wütend die heiße Schokolade in sich hinein. Sie würde das Date garantiert nicht verschieben, jetzt wo sie ihre große Liebe gefunden hatte! Und auf einmal fiel ihr die Lösung ein: Wenn sie nur ein Museum besuchten, reichte die Zeit am Vormittag locker auch noch für die Hausdurchsuchung. Marie hatte auch schon eine Idee, wie sie Tante Florentines Bildungsprogramm verkürzen konnte. Sie musste nur einen ihrer bewährten Schauspielticks anwenden!

»Na also! Da ist ja die Adresse«, sagte Onkel Michele. Er schrieb den Straßennamen von seinem Adressbuch ab und gab Kim den Zettel. »Aber bleibt nicht zu lange bei Alessandro. Um fünf Uhr fängt nämlich die Generalprobe zur Regatta an. Die solltet ihr euch nicht entgehen lassen.«

»Welche Regatta?«, hakte Franzi sofort nach.

»Die Ruderer proben für die morgige *Festa della Sensa*«, er-

zählte Onkel Michele. »Ein Cousin von mir ist auch dabei.«
»Meinst du, ich könnte dann auch mal kurz ans Ruder?« Franzi hatte schon seit ihrer Ankunft in Venedig Hummeln im Hintern. Ihr tägliches Sportprogramm fehlte ihr total.
Onkel Michele zwinkerte ihr zu. »Abwarten! Mal sehen, was ich machen kann.«

Sobald Tante Florentine die *Gallerie dell'Accademia* betreten hatte, verfiel sie plötzlich in Zeitlupentempo. Völlig fasziniert stand sie jetzt schon zehn Minuten vor einem Gewölbe mit schimmerndem Goldmosaik. Das Mosaik war wunderschön, keine Frage. Trotzdem wurde Marie immer nervöser. Abwechselnd starrte sie auf ihre Armbanduhr und den Rundgangsplan des Museums. Wenn sie in dem Tempo weitermachten, waren sie erst abends mit den insgesamt zwölf Sälen fertig.
»Ich glaube, Tizian ruft!« Marie gab Kim und Franzi hektische Zeichen. »Wir gehen schon mal vor. Okay?«
»Okay«, wiederholte Tante Florentine. Es klang wie ein Mantra aus einer anderen Dimension.
Die drei !!! ließen Maries Tante in ihrer meditativen Versenkung zurück und gingen weiter in den Raum mit den berühmtesten Gemälden. Sie hätten den Saal auch ohne Plan sofort gefunden, weil dort der Touristenandrang am größten war. Besonders vor Tizians *Pietà*, dem verstorbenen Christus, drängten sich die Besucher. Den Detektivinnen war das Motiv zu düster. Sie wollten sich lieber das Abendmahl von Paolo Veronese ansehen. Landsknechte, Narren und Hunde tummelten sich auf dem farbenfrohen, riesigen Gemälde.
Kim fing an zu kichern. »Die Narren da vorne erinnern mich an meine Brüder. Die haben auch ständig Unsinn im Kopf. Und was gefällt dir am besten, Marie?«

»Gar nichts«, antwortete Marie mechanisch, weil hinter ihr plötzlich ein helles Lachen zu hören war. Ein Lachen, das sie kannte.
Marie drehte sich um und sah ein paar Meter entfernt ein Mädchen mit kurzen schwarzen Haaren. Heute trug sie kein Strandkleid, sondern Jeans und eine weiße Bluse, aber es war das Mädchen aus Berlin, das am Lido einen Strandspaziergang mit Alessandro gemacht hatte. Es war Luisa!
»Was soll das heißen, dir gefällt gar nichts?« Kim wirkte leicht verärgert.
Marie gab ihr und Franzi einen verstohlenen Wink. Jetzt hatten auch die beiden Luisa entdeckt.
»Seht mal!«, flüsterte Franzi aufgeregt. »Da, an ihrer linken Hand.«
Marie kniff die Augen zusammen. Aus der Entfernung waren Details schwer zu erkennen, aber dann blitzte etwas auf. Ein grüner Ring, der Anne Grevenbroichs Verlobungsring verblüffend ähnelte. So stark ähnelte, dass es kein Zufall sein konnte. Das *war* Maries Ring!
Hatte Alessandro Luisa etwa den gestohlenen Ring geschenkt? Oder war sie womöglich seine Komplizin?
Marie warf einen Blick auf den Museumsplan und fasste sekundenschnell einen Entschluss. »Die knöpfen wir uns vor«, raunte sie Kim und Franzi leise zu. »Geheimverhör im Kreuzgang!«
Die drei !!! bewegten sich wie Schlangen durch den Saal. Unbemerkt umzingelten sie Luisa, packten sie an den Armen und drängten sie zum Ausgang.
»Was soll das?«, wehrte sich Luisa. Sie suchte nach Unterstützung bei den umstehenden Touristen, aber das waren Japaner, die weder ihre Worte noch ihre Gesten verstanden.
»Wir müssen was Wichtiges mit dir besprechen«, sagte Franzi.

Luisa starrte die Detektivinnen feindselig an. »Aua! Ihr tut mir weh.«
Kim lockerte ihren Griff etwas, ohne dem Mädchen eine Fluchtmöglichkeit zu verschaffen. Sie erreichten den Kreuzgang. Hier waren nur wenige Besucher unterwegs. Ein kühler Wind wehte durch die offenen Bögen. Heute hatte sich die Sonne noch kein einziges Mal gezeigt. Die drei !!! zogen Luisa in eine einsame Ecke.
»Also, was wollt ihr mit mir besprechen?«, fragte Luisa misstrauisch. »Kennen wir uns eigentlich?«
Marie zuckte mit den Achseln. »Flüchtig. Aber darum geht es jetzt nicht. Zeig uns deinen Ring!«
Luisa schüttelte unwillig die Arme der Detektivinnen ab und verbarg beide Hände hinter ihrem Rücken. »Seid ihr Diebe, oder was? Wollt ihr mich beklauen?«
»Wir glauben, dass es genau andersherum ist«, sagte Kim ruhig. »*Du* hast uns beklaut, besser gesagt Marie. Du trägst nämlich ihren Opalring.«
Luisa schnappte nach Luft. Dann prustete sie los. »Ein Opal? Alles klar, träumt weiter. Hier, überzeugt euch selbst: echter Modeschmuck!« Demonstrativ hielt sie Marie die linke Hand unter die Nase. »Und, seid ihr jetzt zufrieden?«
Marie starrte auf den Ring. Er schimmerte grün, das stimmte. Aber es war ein aufdringliches, stechendes Grün ohne raffinierte Marmorierung. Luisa hatte die Wahrheit gesagt. Sie trug einen Modeschmuckring. Die Enttäuschung war so groß, dass Marie kein Wort herausbrachte.
»Entschuldige bitte!«, sagte Kim an ihrer Stelle. »Wir waren uns ganz sicher.«
»Maries Ring wurde wirklich geklaut«, erklärte Franzi. »Wir sind Detektivinnen und suchen jetzt den Dieb. Sag mal, ist Alessandro zufällig auch hier?«

Luisas dunkle Augen wurden groß und rund. Plötzlich rollten zwei Tränen über ihre Wangen. Und danach kamen immer mehr Tränen. Luisa lehnte sich schluchzend gegen die kalte Mauer des Kreuzgangs. Die drei !!! sahen sich betroffen an. Waren sie zu grob zu Luisa gewesen?
»Was ist denn los?« Marie holte eine Packung Papiertaschentücher aus ihrer Handtasche und hielt sie dem verzweifelten Mädchen hin.
Luisa fischte ein Taschentuch heraus, schnäuzte hinein und wischte sich die Tränen von den Wangen. Es dauerte eine Weile, bis sie sprechen konnte. Zunächst kamen die Worte nur stockend aus ihrer Brust: »Alessandro … er ist … nicht hier. Er will nichts mehr von mir wissen. Gestern am Lido hat er ein anderes Mädchen getroffen und mich einfach stehen gelassen.«
»Was???« Kim konnte sich das überhaupt nicht vorstellen. Alessandro hatte so einen verliebten Eindruck gemacht. Aber genauso hatte er auch einen Tag zuvor beim Tangotanzen mit Marie gewirkt. Und er war vermutlich ein Dieb. Also konnte man ihm grundsätzlich nicht trauen.
»Und warum hat er dich einfach stehen gelassen?«, hakte Franzi nach.
Luisa stopfte das zerknüllte Taschentuch in ihre Hosentasche. »Sie war irgend so eine reiche Tochter eines V.I.P., kam mit Bodyguard an den Strand. Und schon war Alessandro hin und weg von ihr.«
Kim legte Luisa mitfühlend die Hand auf die Schulter. »So einem Typen darfst du keine einzige Träne nachweinen. Der hat dich sowieso nicht verdient.«
»Ich weiß«, schniefte Luisa. Und dann brauchte sie ein zweites Taschentuch.
Marie war ziemlich durcheinander nach all der Aufregung.

Eine entscheidende Frage musste sie Luisa noch stellen, aber sie kam nicht darauf welche. Plötzlich fiel es ihr wieder ein.
»Hat Alessandro dir etwas gestohlen? Vermisst du ein Schmuckstück, das du am Lido getragen hast? Oder eine Uhr?«
Luisa schüttelte traurig den Kopf. »Nein, Alessandro hat nur mein Herz gestohlen. Das reicht.«
»Danke, dass du so offen zu uns warst«, sagte Franzi.
In diesem Moment vibrierte Maries Handy. »Nein, Tante Florentine, wir haben uns nicht im Museum verlaufen! Ja, wir kommen zum Museumsshop. Bis gleich!«

Sich einmal in Venedig zu verlaufen, hatte Marie gereicht. Diesmal wollte sie auf Nummer sicher gehen und spendierte deshalb eine Fahrt mit der Gondel. Sie suchte sich den nettesten Gondoliere aus und fragte Kim und Franzi: »Darf ich bitten?«
»Sehr gerne!«, antwortete Kim.
Kichernd stiegen die Detektivinnen in die wackelige Gondel und quetschten sich zu dritt nebeneinander auf die mit rotem Samt bezogene Bank. Es war genauso, wie Marie es sich vorgestellt hatte. Nur die Sonne und der blaue Himmel fehlten. Stattdessen stieg feuchte Kälte aus dem Kanal auf. Die drei !!! zogen ihre Jacken an und Franzi setzte eine rote Kappe auf, die sie sich unterwegs gekauft hatte.
»Soll ich für die *signorine* singen? *O sole mio*?«, fragte der braun gebrannte Gondoliere.
Marie sagte entschieden: »*No, grazie*!« Tante Florentine hatte die Mädchen vorher gewarnt, dass die Gondolieri für ihre Gesangseinlagen den Fahrpreis gerne großzügig in die Höhe trieben.
Der Gondoliere war ein wenig beleidigt und fing gelangweilt

an zu rudern. Während sie mit der Gondel gleichmäßig durchs Wasser glitten, lehnte Marie sich zurück und massierte mit den Fingerspitzen ihre Stirn.

»Hast du immer noch Kopfschmerzen?«, erkundigte sich Kim besorgt.

Marie nickte. »Hmm … schon. Ist nicht so schlimm.« Sie machte trotzdem ein leidendes Gesicht und schämte sich ein bisschen dafür. Normalerweise log sie Kim und Franzi nicht an, aber diesmal hatte sie zu einer Notlüge greifen *müssen*. Sie hatte es für Luca getan, für ihre große Liebe. Sonst wären sie jetzt mit Tante Florentine im Guggenheim-Museum und nicht auf dem Weg zu Alessandro.

Die Gondel bog in den Canal Grande ein. Sie fuhren unter der Rialtobrücke durch und passierten die Ca' d'Oro, einen wunderschönen Palast aus elfenbeinfarbenem Marmor, der früher einmal teilweise vergoldet gewesen war. Kurz darauf bogen sie einmal links und zweimal rechts ab und dann waren sie am Ziel.

Der Gondoliere wiederholte die Adresse, die Marie ihm gegeben hatte, und nannte den Fahrpreis. Er war zwar hoch, aber zum Glück nicht unverschämt. Marie bezahlte und die drei !!! stiegen aus der Gondel.

Sie standen vor einem vornehmen Palazzo, der doppelt so groß war wie der von Michele. Die Fassade war aufwendig verziert und trug in der Mitte eine Steintafel mit einem Löwen, dem Wappentier Venedigs. Marie musste sich einen Ruck geben, bevor sie sich traute, an der imposanten Eingangstür zu klingeln. Niemand machte auf, aber im Inneren des Palazzo hörte man verdächtiges Rumpeln und laute Männerstimmen.

»Lasst es uns auf der anderen Seite versuchen«, schlug Kim vor. In ihrem Reiseführer hatte sie gelesen, dass die Häuser in

Venedig sowohl über den Wasserweg als auch über den Landweg zu erreichen waren.
Auf der Rückseite des Palazzo standen mehrere Sackkarren, die mit Umzugskartons beladen waren. Zwei Männer einer Umzugsfirma wuchteten gerade einen weiteren Karton auf eine Sackkarre. Neben ihnen stand ein älteres Ehepaar, das mit sorgenvollem Gesichtsausdruck die Arbeiten überwachte.
»*Scusi!*«, sagte Franzi zu dem Ehepaar. »Entschuldigen Sie bitte! Können wir mit Alessandro sprechen?«
Die beiden sahen sie verständnislos an. Hatten sie die Frage nicht gehört? Oder waren sie mit ihren Gedanken ganz weit weg? Franzi wollte gerade ihre Frage wiederholen, als plötzlich Alessandro aus dem Haus kam. Er trug ein paar Golfschläger über der Schulter und ließ einen davon fallen, als er die drei !!! entdeckte.
»Wir würden gerne kurz mit dir reden«, sagte Marie.
»Ich hab jetzt keine Zeit. Ihr seht ja, wir ziehen um.« Alessandro war blass und hatte Ringe unter den Augen. Er wirkte seltsam geknickt. Da war keine Spur mehr von seinem selbstbewussten, bisweilen ziemlich arroganten Auftreten.
»Wo zieht ihr denn hin?«, erkundigte sich Kim höflich.
»Nach Mestre«, sagte Alessandro mit rauer Stimme. Er warf seinen Eltern einen Blick zu, doch die schienen mit ihren Gedanken immer noch weit weg zu sein. »Jetzt ist es auch egal, wir sehen uns ja sowieso nie wieder. Also, wenn ihr es genau wissen wollt: Wir können uns den teuren Familien-Palazzo in Venedigs Altstadt nicht mehr leisten. Wir sind pleite.«
»Oh, das … das tut mir leid«, sagte Marie. Es tat ihr wirklich weh, Alessandro so zu sehen. Wenn sie sich vorstellte, ihr Vater wäre von heute auf morgen arbeitslos und sie müssten aus der schönen Villa ausziehen … Das wäre schrecklich.
Alessandro gab die Golfschläger einem der Umzugsleute. Da-

bei machte er mit seinen Händen seltsame Verrenkungen. »Mir tut es auch leid«, murmelte er. Sein Gesicht wurde rot, als er Marie in die Augen sah. »Tja, ich wollte so gerne, dass du mich für einen reichen, adligen Sohn hältst. Das hab ich allen Mädchen erzählt, die ich in letzter Zeit getroffen habe. Dadurch hab ich mich besser gefühlt, stärker irgendwie.« Er schnaufte. »Blödsinnige Idee!«

Die drei !!! schwiegen verlegen.

Dann räusperte sich Franzi. »Wir müssen dich noch was Wichtiges fragen. Marie wurde ein Ring gestohlen, auf der Party bei ihrer Tante. Jemand hat ihn ihr an dem Abend heimlich vom Finger gezogen. Wir haben mitbekommen, wie du auf der Tanzfläche mit Luca und Marie zusammengestoßen bist. Es gibt sogar ein Foto von diesem Moment.«

Alessandro starrte Franzi ungläubig an. »Und jetzt denkt ihr, ich war der Dieb?« Er lachte kurz und schüttelte dann resigniert den Kopf. »Ich war es nicht. Ich wäre zu so was gar nicht in der Lage.« Er streckte seine Hände aus. Sie waren sehr schmal und knochig und sie zitterten leicht. »Ich hab kein Gefühl in den Fingern. Sie fühlen sich taub an, seit ich vor einem Jahr einen Unfall hatte.«

Auf einmal fiel Marie wieder ein, wie Alessandro eben die Golfschläger festgehalten und wie er auf der Party das Wasserglas umklammert hatte. Und sie hatte gedacht, er würde extra vornehm tun! Sie hatte es natürlich nicht wissen können. Trotzdem schämte sie sich jetzt. »Das tut mir leid«, sagte sie wieder. Sie suchte nach weiteren tröstenden Worten, aber es fiel ihr nichts mehr ein.

Es kam Marie wie eine Erlösung vor, als plötzlich ihr Handy klingelte. »Wir müssen jetzt leider los, Alessandro. Alles Gute!« Die drei !!! verabschiedeten sich hastig und liefen die Gasse hinunter in Richtung Canal Grande.

Als sie außer Hörweite von Alessandro und dessen Eltern waren, nahm Marie das Handygespräch an und stellte auf Laut, damit Kim und Franzi mithören konnten. »*Ciao* Luca! Wie geht's?«
Luca sagte nicht mal Hallo. Er fing sofort an zu reden und Marie lauschte gebannt seiner gehetzt klingenden Stimme. »Nein! Das gibt's nicht, Luca! Die Polizei ist den Taschendieben auf der Spur?«

Ein heißer Tipp

»Ja!«, rief Luca. »Stell dir vor, Commissario Bertani hat einen konkreten Hinweis bekommen. Heute Mittag, angeblich so gegen 13 Uhr, werden die Taschendiebe versuchen, deinen Ring und andere Beutestücke zu verkaufen. In einem Schmuckgeschäft auf der Inselgruppe Murano.« Luca nannte atemlos die Adresse des Ladens und beschrieb haarklein den Weg. Geistesgegenwärtig zückte Kim Notizblock und Bleistift und schrieb eifrig mit.
Marie bedankte sich bei Luca für die Info. »Wir treffen uns am Tatort, bis gleich!« Dann legte sie auf.
In diesem Moment begannen die Glocken einer Kirche in der Nähe zu schlagen: viermal kurz und zwölfmal lang. Es war genau 12 Uhr.
Franzi stöhnte. »Wenn wir das schaffen wollen, müssen wir fliegen!«
»Unser Privathelikopter wird leider gerade repariert«, sagte Marie und hielt nach einem geeigneten Transportmittel Ausschau. »Da vorne sind Bootstaxis! Kommt!«
Die drei !!! sprinteten los. Kurz darauf stiegen sie in ein schnittiges Motorboot. Der Fahrer strahlte, als er erfuhr, dass sie nach Murano wollten und es eilig hatten. Knatternd ließ er den Motor an und brauste los. Die Detektivinnen kamen sich vor wie James Bond. Trotz Wolkenhimmel setzten sie ihre Sonnenbrillen auf. Das Wasser spritzte, der Fahrtwind peitschte ihre Gesichter.
»Vorne rechts seht ihr die Friedhofsinsel San Michele«, erklärte ihnen der Taxifahrer. »Und links in der Ferne tauchen schon die Berge auf.«
»Ja, sehr interessant«, antwortete Kim höflich.

Die drei !!! hatten ausnahmsweise keinen Sinn für die Schönheiten der Lagune. Sie mussten dringend die aktuelle Lage besprechen.

»Luca ist wirklich unglaublich!«, sagte Marie. »Wenn wir ihn nicht hätten, würden wir bei unserem Fall immer noch im Trüben fischen.« Sie war unglaublich stolz auf ihren Freund und liebte ihn deshalb noch mehr. Tief in ihrem Innern spürte sie, dass Luca ihr nicht nur seine Liebe, sondern auch den Ring ihrer Mutter schenken würde.

Kim nickte. »Er ist wirklich sehr hilfsbereit. Ein echter Venezianer eben!«

Franzi hielt mit beiden Händen ihre Kappe fest, damit der Wind sie nicht davonblies. »Ein bisschen ungewöhnlich ist es schon, dass die Polizei Luca so bereitwillig Informationen weitergegeben hat, findet ihr nicht? Kommissar Peters würde so was nie tun.«

»Das stimmt«, sagte Marie nachdenklich. »Aber er ist auch ein besonders korrekter Polizist. Außerdem scheint es in Italien wesentlich lockerer zuzugehen. Denkt nur an unseren Besuch im Präsidium, an das Chaos im Büro mit den vielen Kartons.«

Franzi, die selbst nicht gerade ordentlich war, grinste. »Wie heißt es so schön: Nur ein Genie beherrscht das Chaos! Und Commissario Bertani ist wohl tatsächlich ein ziemlich genialer Ermittler. Das hat Luca ja erzählt. Er kennt ihn sehr gut.«

»Genau«, bekräftigte Marie. »Das erklärt auch, warum der Commissario ihn ins Vertrauen gezogen hat.«

Kim hatte ihren Freundinnen nur mit halbem Ohr zugehört. »Was machen wir eigentlich, wenn wir beim Schmuckgeschäft angekommen sind? Spazieren wir da einfach rein?«

Franzi schüttelte den Kopf. »Natürlich nicht! Wir suchen uns auf der Straße ein geeignetes Versteck und warten erst mal ab.«

Kim und Marie gefiel diese Idee. Den Rest der Fahrt schwiegen sie und jeder versuchte auf seine Weise, mit der Aufregung und Anspannung klarzukommen.
Schon seit einer Weile hatte der Taxifahrer die Geschwindigkeit heruntergefahren. Jetzt tuckerte das Motorboot beinahe gemächlich auf den Anleger zu. »Die Glasinsel Murano«, verkündete der Fahrer. »Dann wünsche ich euch viel Spaß bei den Glasmachern.«
»Danke«, sagte Marie. Die Detektivinnen ließen ihn in dem Glauben, dass sie als ganz gewöhnliche Touristen die Insel besuchten.
Lucas Wegbeschreibung war perfekt. Die drei !!! folgten der Straße, ohne einen Blick in die Schaufenster mit den hübschen Glaswaren zu werfen. Sie gingen am schwimmenden Obst- und Gemüsemarkt vorbei und an vielen wunderschönen bunten kleinen Häusern. Sie nahmen zwei Abzweigungen und überquerten eine Brücke.
Elf Minuten und sieben Sekunden vor eins hatten sie ihr Ziel erreicht: einen Platz mit edlen Boutiquen für Kunden mit besonderen Wünschen. Der Schmuckladen war klein, aber fein. In der Auslage lagen auf dunkelblauen Kissen funkelnde Halsketten, Armbänder und Ringe. Die Detektivinnen scannten zuerst die Umgebung. Keine Spur von den Taschendieben. Luca war auch noch nicht da. Und von der Polizei war niemand zu sehen. Vielleicht hatten sich die Polizisten aber auch bereits in einem der Nachbarhäuser verschanzt.
Kim zeigte auf einen Mauervorsprung gegenüber des Schmuckladens. Marie und Franzi nickten. Schnell huschten sie hinüber und duckten sich hinter die Mauer. Dabei schreckten sie eine Katze auf, die dort ihren Mittagsschlaf hielt.
»Sch, sch!«, machte Marie. Mit einem empörten »Miau!« stolzierte die Katze davon.

Die drei !!! warteten. Hinter einer Wolke blinzelte auf einmal die Sonne hervor. Eine niederländische Touristengruppe schlenderte vorbei. Und dann tauchten zwei Männer auf, die so gar nicht ins Bild der feinen Gegend passten: ein pockennarbiger Typ und ein bulliger Mann mit Glatze – die Täter! Ihre dunkelbraunen Schnürstiefel knallten auf dem Kopfsteinpflaster. Zielstrebig gingen die Verdächtigen auf das Schmuckgeschäft zu und verschwanden darin.
Kim, Marie und Franzi zählten leise bis zehn. Dann verließen sie ihr Versteck und folgten den Taschendieben. Franzi blockierte mit der Hand die Ladenglocke über der Eingangstür. Geräuschlos betraten sie den Laden, dessen Wände mit Holzbrettern verkleidet waren. Drei große Vitrinen in einer Art U-Form dominierten den Raum. Hinter einer davon stand der Besitzer, ein kleiner Mann mit golden umrandeter Brille, dunklem Anzug und rosafarbenem Hemd. Er hatte die Detektivinnen nicht bemerkt und redete mit den Taschendieben.
Der Mann mit der Glatze holte aus seiner Jacke einen Beutel, legte ihn auf die obere Glasplatte der Vitrine und sagte etwas auf Italienisch.Der Besitzer nahm eine Lupe in die Hand und beugte sich interessiert nach vorne. Aus dem Beutel kam ein Opalring zum Vorschein. Maries Ring, diesmal gab es keinen Zweifel! Die drei !!! mussten handeln. Sie konnten nicht auf die Polizei warten. Blitzschnell tauchten sie aus dem Hintergrund des Ladens auf und sprinteten zur Vitrine.
»*Stop*! *This ring is mine*«, sagte Marie. »*They are thiefs*!«
Die Taschendiebe rissen die Köpfe herum und starrten Marie fassungslos an. Der Schmuckhändler war zunächst überfordert. Unsicher sah er abwechselnd die Ladendiebe und die drei !!! an.
»*No*!«, protestierte der Mann mit den Pockennarben. Er stopf-

te den Ring zurück in den Beutel und ließ ihn in seiner Hosentasche verschwinden.
Und dann ging alles ganz schnell. Die Taschendiebe kamen drohend auf Kim, Franzi und Marie zu. Von zwei Seiten drängten sie die Detektivinnen in die hintere Ecke des Ladens. Beide hatten ihre Fäuste erhoben. Immer näher kamen sie mit ihren massigen Körpern. Ihr Atem ging stoßweise. Ihre Augen funkelten. Dann fasste einer der Männer an seine Jackentasche. Marie erstarrte. Hatte er etwa eine Pistole in der Jacke?
Der Ladenbesitzer hatte die Handbewegung auch gesehen. Seine Kinnlade klappte nach unten. Dann begann er leise vor sich hin zu wimmern. Auf einmal wirkte er hilflos wie ein kleines Kind.
Marie ahnte, dass er ihnen nicht helfen konnte. Trotzdem wollte sie um Hilfe rufen, nach der Polizei oder nach irgendeinem Passanten. Sie brachte keinen Ton heraus. Ihre Kehle war wie zugeschnürt und ihre Brust zu eng, um genügend Luft zu bekommen. Die drei !!! mussten zum Gegenangriff übergehen, aber Marie wusste nicht wie. Die Taschendiebe ließen ihnen keinen Raum, sich auch nur einen Millimeter zu bewegen.
Das wollte Franzi sich nicht gefallen lassen. Sie ging in die Knie, bereitete alles vor, um sich blitzschnell auf den Boden zu rollen und unter den Männern durchzutauchen. Sie spannte ihre Beinmuskeln an. Sie war bereit.
Plötzlich wurde die Ladentür aufgerissen. Luca stürmte wie ein Wirbelwind herein. Mit einem Blick erfasste er die Situation, fuhr beide Ellbogen aus und stieß die Taschendiebe zur Seite. Die Männer strauchelten. Es entstand eine kleine Lücke. Groß genug, dass Kim, Franzi und Marie hindurchschlüpfen konnten. Sobald sie aus den Fängen der Diebe ent-

kommen waren, legte Luca schützend die Arme um sie und brachte sie ins Hinterzimmer des Schmuckladens. Da es keine Tür gab, verbarrikadierte Luca den Zugang mit einem Brett, das neben dem Türrahmen stand.
»Seid ihr okay? Alles in Ordnung?«, fragte er.
Kim, die am ganzen Körper zitterte, nickte. »Ja … schon … pass auf, sie hauen ab!«
»*Ciao*!«, rief der bullige Mann mit der Glatze. Der andere winkte frech. Die Taschendiebe rissen die Ladentür auf und rannten hinaus auf den Platz.
Franzi stöhnte. »Los, hinterher!« Sie versuchte, mit einem Satz über das Brett zu springen, aber es war viel zu hoch angebracht und klemmte.
Kim, Marie und Luca rüttelten mit vereinten Kräften daran. Kostbare Sekunden verstrichen. Als das Brett endlich knirschend nachgab und der Weg frei gewesen wäre, war es zu spät. Die Detektivinnen ersparten sich eine Verfolgungsjagd, die von vornherein zum Scheitern verurteilt war.
»Das können wir vergessen«, seufzte Franzi. »Die Typen sind längst über alle Berge.«
»Das fürchte ich auch«, sagte Kim. Ein letzter Hoffnungsschimmer glomm in ihr auf. »Haben Sie die Männer schon mal gesehen?«, fragte sie den Besitzer des Ladens, der immer noch verschreckt in einer Ecke des Verkaufraumes stand. »*Have you seen them before*?«
Der Besitzer wischte sich mit einem blütenweißen Stofftaschentuch die Schweißperlen von der Stirn. »*No*, nein, leider nicht.«
Marie spürte, wie die Panik langsam nachließ. Sie bedankte sich lächelnd bei Luca: »Du hast uns gerettet! Du bist unser Held.« Aber auf einmal war sie nur noch verzweifelt. »Mein Ring!«, flüsterte sie. »Ich werde ihn nie wiederfinden. Die

Typen verkaufen ihn irgendwo auf dem Festland und dann ist er weg, für immer.«
Luca nahm sie fest in seine Arme. »Meine süße Marie! Die Taschendiebe werden weitermachen und noch einen Fehler begehen. Dann schlägt die Polizei zu und rollt alles auf. Sie werden deinen Ring wiederfinden, ganz bestimmt.«
Marie wollte Luca so gerne glauben, aber die Chance war so unglaublich winzig. Es gab einfach zu viele Taschendiebe in Venedig.
»Apropos Polizei.« Kim sah sich suchend im Schmuckladen um. »Warum ist die eigentlich nicht aufgetaucht?«
Luca zuckte bedauernd mit den Schultern. »Commissario Bertani konnte leider nicht kommen. Er hat mir noch kurz vorher eine SMS geschickt. Er musste dringend zu einem Großeinsatz.«
Marie löste sich aus Lucas Armen. »Pech gehabt«, murmelte sie. »Wir haben einfach Pech gehabt.« Dann musste sie weinen.

Franzi am Ruder

Detektivtagebuch von Kim Jülich
Samstag, 15:02 Uhr
Ich verstehe die Welt nicht mehr! So einen merkwürdigen Fall hatten wir noch nie. Erst lief alles wie am Schnürchen. Wir dachten, die Verwicklungen lösen sich ganz schnell auf. Von wegen! Erst fiel Alessandro, unser Hauptverdächtiger, weg und gleich danach passierte die Katastrophe im Schmuckladen. Plötzlich standen wir wieder vor dem Nichts.
Ich weiß, Luca kann nichts dafür, er wollte uns bloß retten. Aber vielleicht hätte er einfach noch ein bisschen warten müssen, dann hätten wir es geschafft, uns selbst zu verteidigen und den Taschendieben den Ring abzunehmen. Franzi war doch schon am Start mit ihrer genialen Bodenrolle.
Es ist zum Heulen! Murano ist so wunderschön. Trotzdem werde ich die Insel in Zukunft immer mit unserer Niederlage verbinden. Es war schrecklich, danach nach Hause zurückzufahren. Auf dem Vaporetto *konnten wir uns gegenseitig kaum in die Augen sehen, so niedergeschlagen waren wir. Luca hat noch ein paar Mal versucht, Marie zu trösten. Es ist ihm nicht wirklich geglückt. Kein Wunder. An Maries Stelle wäre ich auch am Boden zerstört. Beim Palazzo haben wir uns dann von Luca verabschiedet. Er verschwand in der Cateringfirma, weil er zurück zu seinem Ferienjob musste. Und wir sind noch mal losgezogen, um Mitbringsel zu kaufen. Wir mussten uns wenigstens ein bisschen ablenken.*
Die Zeit arbeitet gegen uns. Morgen Nachmittag reisen wir schon ab. Ich darf gar nicht daran denken, sonst wird mir schlecht. Wird dies unser erster ungelöster Fall sein? Unser erster Misserfolg? Nein, wird es nicht! Bei der Generalprobe für die morgige Regatta

haben wir gute Chancen, dass die Taschendiebe noch mal auftauchen. Da wird jede Menge los sein, also die perfekte Gelegenheit für die Männer, Beute zu machen. Und für uns die perfekte Gelegenheit, den Dieben eine Falle zu stellen!

Geheimes Tagebuch von Kim Jülich
Samstag, 15:47 Uhr
Ja, mein Tagebuch ist immer noch topsecret! Wer es wagt, dieses Geheimdokument anzurühren, wird sich fühlen, als ob er in Venedig vom Hochwasser überrascht wird. Die Flut kommt leise, über Nacht. Es gibt kein Entrinnen, nicht vor dem Hochwasser und nicht vor meiner gnadenlosen Rache!
Ich habe es getan: Ich hab das Venedig-T-Shirt gekauft! Entschieden hab ich mich aber immer noch nicht: Soll ich es Michi schenken? Oder soll ich es lieber selbst behalten? Mir könnte es auch gut stehen. Mal sehen …
Ich vermisse Michi. Es wäre so schön, wenn er jetzt hier in Venedig wäre. Wir könnten gemeinsam durch die Gassen bummeln. Die Stadt würde ihm bestimmt gefallen. Und vielleicht könnte er uns ja sogar bei unserem Fall helfen. So wie in alten Zeiten. Ich denke wieder viel zu sehr an die Vergangenheit. Ein Zeichen, dass es mir schlecht geht.
Stopp, Kim! Jetzt ist aber endgültig Schluss mit deinem Selbstmitleid!

Das Wetter meinte es gut mit den Ruderern. Am späten Nachmittag setzte sich die Sonne endgültig durch und vergoldete die Sandstrände am Lido.
Onkel Michele war aufgekratzt wie ein kleiner Junge. Er hatte extra eine der begehrten Sommerhütten reserviert, damit die ganze Familie in der ersten Reihe sitzen und die Ruderer aus nächster Nähe beobachten konnte. Luca hatte er auch spon-

tan eingeladen mitzukommen, er gehörte inzwischen fast schon zur Familie. Gemeinsam stellten sie Klappstühle auf und setzten sich vor die Sommerhütte.
Marie war so glücklich, mit Luca zusammen zu sein, dass sie kurzzeitig den Kummer wegen ihres Rings vergaß. »Hier bleiben wir, am besten gleich den ganzen Sommer!«, seufzte sie glücklich. »Wir wohnen in der Hütte. Wir baden und liegen am Strand. Und wenn wir Hunger kriegen, lassen wir uns das Essen vom nächsten Hotel bringen.«
Luca lachte. »Gute Idee. Wir müssten nur noch überlegen, wie wir unser Luxusleben finanzieren. Wir könnten zum Beispiel eine Bank ausrauben.«
»Lieber nicht!«, sagte Marie mit einem Seitenblick zu Kim und Franzi. »Meine Freundinnen werden uns garantiert schnappen und zur Polizei bringen. Sie sind leider sehr clevere Detektivinnen. Stimmt's oder hab ich recht?«
Kim und Franzi reagierten nicht. Franzi war vollauf damit beschäftigt, den Ruderern zuzusehen, die sich nach und nach am Strand einfanden und ihre Boote einem letzten Sicherheitscheck unterzogen. Heute hatten sie noch ihre Alltagsklamotten an, aber morgen würden sie alle farblich aufeinander abgestimmte Trikots tragen. Die Boote waren bereits festlich mit dunkelroten Flaggen geschmückt, auf denen das Wappentier Venedigs, der Löwe, abgebildet war.
Kim hatte Maries Frage auch überhört. Sie steckte gerade ihre Nase in den Reiseführer. »Hier steht leider nicht viel zur *Festa della Sensa*. Was feiern die Venezianer morgen eigentlich genau?«
»Das Fest erinnert an zwei Ereignisse«, erzählte Tante Florentine, die heute einen hübschen Strohhut mit weiß-rotem Band trug. »Zum einen an den Sieg des Dogen Pietro II. Orseolo über die dalmatinischen Piraten vom 9. Mai 1000.

Damit konnte Venedig seine Herrschaft in der oberen Adria zum ersten Mal durchsetzen. Zum anderen feiern die Venezianer den Frieden von Venedig im Jahr 1177. Papst Alexander III. und Friedrich Barbarossa trafen sich dazu mit dem Dogen Sebastiano Ziani.«

Onkel Michele gab seiner Frau einen Kuss auf die Stirn. »Das hast du sehr schön erklärt! Ich bin stolz auf dich, meine kleine Venezianerin.«

Tante Florentine lächelte. »Danke für das nette Kompliment, mein Lieber!«

Onkel Michele wusste natürlich noch mehr Details: »Am Höhepunkt des Festes wirft der Bürgermeister – damals war es der Doge – einen geweihten, goldenen Ring ins Wasser. Er wird von Ruderern in historischen Kostümen begleitet. Damit wird symbolisch die Vermählung Venedigs mit dem Meer besiegelt. Danach macht der Umzug an der Kirche San Nicolò auf dem Lido halt. Hier wird die Heilige Messe zelebriert. Und zum Abschluss gibt es einen Trödelmarkt vor der Kirche und die Gondelregatta, für die heute geprobt wird.«

Plötzlich sprang Onkel Michele auf, lief zu einem jungen Mann hin und umarmte ihn freudestrahlend. »*Ciao* Francesco!« Arm in Arm mit Francesco kehrte er zu den anderen zurück. »Darf ich euch vorstellen? Das ist mein Lieblingscousin!«

Francesco hatte einen Kopf voller Locken und beeindruckende Muskeln an den Oberarmen. »*Ciao belle*!«, sagte er und rieb sich gut gelaunt die Hände. »Wir haben fleißig trainiert. Heute und morgen können wir endlich zeigen, was wir draufhaben.«

»Hier ist übrigens eine talentierte Nachwuchsruderin«, sagte Onkel Michele. »Franzi würde gerne kurz mit aufs Boot. Geht das?«

Francesco grinste. »Klar, kein Problem. Komm!«
»Danke!« Franzi konnte ihr Glück erst gar nicht fassen. Freudestrahlend folgte sie Francesco. Die Mannschaft begrüßte sie mit großem Hallo und gab ihr eine Schwimmweste. Vor dem offiziellen Start der Generalprobe durfte Franzi sogar selbst ans Ruder. Sie machte ihre Sache so gut, dass die Mannschaft begeistert applaudierte.
Dann blies der Trainer in seine Trillerpfeife. Damit forderte er alle Teilnehmer auf, sich startklar zu machen. Ein paar Polizisten, die den ungestörten Ablauf der Proberegatta überwachten, drängten die Zuschauer zurück vom Ufer. Franzi musste das Boot leider wieder verlassen.
»Mann, war das toll!«, erzählte sie. »Zu Hause muss ich unbedingt einen Ruderkurs machen. Ich will den Sport richtig lernen, nicht nur einfach so herumpaddeln.«
Kim war überzeugt davon, dass Franzi ihr Vorhaben verwirklichen würde. Manchmal wünschte sie sich, sie hätte in puncto körperlicher Bewegung nur halb so viel Elan wie ihre Freundin.
Ein zweiter Pfiff ertönte. Jetzt ging es los! Die Ruderer schoben mit vereinten Kräften ihre Boote ins Wasser, sprangen hinein und ruderten sofort los. Die Zuschauer am Ufer, vor allem Freunde und Verwandte der Sportler, feuerten ihre Lieblingsmannschaft an.
»Francesco! Francesco!«, riefen Kim, Franzi und Marie im Chor.
Onkel Micheles Cousin hatte sich mit seiner Mannschaft an die Spitze vorgearbeitet. Eine Weile konnte man die Boote noch gut sehen. Doch sie entfernten sich sehr schnell und waren bald nur noch als kleine bunte Bälle auf dem Wasser zu sehen. Die Zuschauer blieben trotzdem noch am Lido und diskutierten über die Favoriten der morgigen Regatta.
Marie wurde plötzlich wieder wehmütig. Morgen war ihr letz-

ter Tag in Venedig! Am frühen Abend mussten die drei !!! den Shuttlebus nehmen, der sie zum Flughafen auf dem Festland bringen würde. Mit dem Nachtzug wären sie sonst zu spät zur Schule gekommen. Der Abschied von Luca zerriss Marie jetzt schon das Herz. Ob es ihm ähnlich ging?
Im Moment jedenfalls schien Luca nicht daran zu denken. Er plauderte angeregt mit Onkel Michele und Tante Florentine und wollte alles über ihre heimliche Hochzeit wissen. »Ihr wart wirklich nur zu zweit? Das ist ja cool! Und nach der Gondelfahrt und der Kirche wart ihr in einem kleinen Restaurant? Hört sich richtig romantisch an. Sagt mal, wann genau habt ihr noch mal geheiratet?«
»Am 20. März«, sagte Onkel Michele. »Ich dachte, das wusstest du? Ich hab doch bei der Party in meiner Rede erzählt, dass ich unseren Hochzeitstag garantiert nie vergessen kann, weil er mit dem Frühlingsanfang zusammenfällt.«
Luca grinste. »Ja, jetzt erinnere ich mich wieder. Ich wollte es nur wissen, damit ich euch zu eurem ersten Hochzeitstag was schenken kann. Als Dankeschön, weil ihr mir den tollen Ferienjob verschafft habt.«
»Das ist wirklich nicht nötig«, wehrte Tante Florentine ab.
»Doch, doch!«, widersprach Luca. »Und wenn wir schon dabei sind: Wann habt ihr beiden Geburtstag?«
Onkel Michele sah seine Frau zärtlich an. »Wir sind im selben Jahr geboren: 1958. Mein Geburtstag ist am 27. Mai und Florentines am 18. Oktober.«
»Zwillinge und Waage«, fügte Tante Florentine kichernd hinzu. »Die zwei Sternzeichen harmonieren perfekt miteinander. Falls man an Horoskope glaubt!«
Das Paar stritt scherzhaft über die Frage, ob die Astrologie eine ernstzunehmende Wissenschaft war oder nicht. Onkel Michele hatte da nämlich so seine Zweifel.

Kim ließ die Unterhaltung an sich vorbeiplätschern und hielt inzwischen wieder Ausschau nach den Taschendieben. Gleich als sie hergekommen waren, hatte Kim unter den Zuschauern und Zaungästen nach ihnen gesucht. Leider vergeblich. Jetzt lichteten sich bereits die Reihen. Gemächlich schlenderten die Leute an den Sommerhütten vorbei. Ein glatzköpfiger und ein pockennarbiger Mann waren nicht darunter.

Kim kämpfte gegen ihre Enttäuschung an. Wahrscheinlich waren die Taschendiebe längst über alle Berge. Und selbst wenn sie noch hier sein sollten: Am Lido wäre ihnen heute Nachmittag bestimmt zu viel Polizei unterwegs. Das würde sie davon abhalten zu stehlen. Plötzlich stutzte Kim. Die Polizisten hier sahen irgendwie anders aus als Commissario Bertani und Agente Felice. Ihre Kappen waren dunkelblau statt rot und ihre Uniformjacken ebenfalls dunkelblau und nicht hellbraun. Außerdem hatten sie weiße Gürtel umgebunden, die beim Kommissar und seinem Kollegen komplett gefehlt hatten.

»Die Polizisten hier tragen ja ganz andere Uniformen!«, sagte sie zu Luca.

»Wie? Was meinst du?« Luca hatte gerade noch Onkel Michele zugehört. Als Kim auf die Polizisten zeigte, nickte er. »Ach so! Ja, bei uns in Italien gibt es viele verschiedene Uniformen. Das hängt ganz vom jeweiligen Bereich ab, in dem die Polizisten arbeiten.«

An dieser Stelle mischte sich Onkel Michele ein. »Nein, das stimmt so nicht ganz. Dunkelblau ist die Standardfarbe bei unserer Polizei. Nur manchmal kombinieren die Polizeibeamten graue Hosen dazu.«

»Du hast recht, Michele, wie immer!« Luca fuhr sich mit einer lässigen Bewegung durch die schwarzen Haare. Dann warf er einen Blick auf seine Armbanduhr. »Was, schon so spät? Ich muss los. Es gibt noch so viel zu tun in der Cateringfirma für morgen. Ich fahr schon mal vor. Bis später, *cara mia*!« Er gab Marie einen flüchtigen Kuss auf die Wange und verabschiedete sich schnell von allen.

»Warte doch!«, sagte Onkel Michele. »Das meiste haben meine Leute schon erledigt. Sie machen jetzt sowieso Pause und legen erst wieder nach dem Abendessen eine Spätschicht ein.«

»Ich kann leider trotzdem nicht länger bleiben.« Luca hob bedauernd die Schultern. »Ich muss noch was Wichtiges erledigen.« Und schon war er weg.

»Der hatte es aber auf einmal eilig«, wunderte sich Kim.

Böse Überraschung

Marie war unendlich müde am Ende dieses langen Tages. Schon auf der Heimfahrt im *motoscafo* musste sie mehrmals gähnen. Kim, Franzi und Tante Florentine wirkten auch ziemlich erschöpft.

Nur Onkel Michele war immer noch total aufgekratzt. »Ich bin so stolz auf unseren Francesco!«

»Ich hätte Francesco so gerne heute zum Abendessen bei uns gehabt«, sagte Tante Florentine, „aber seine Familie hat ein Überraschungsfest für ihn geplant. Das darf er natürlich nicht verpassen.«

»Dafür ist Dario heute unser Gast«, tröstete Onkel Michele seine Frau. Er zog den Schlüssel aus seiner Tasche und öffnete die Haustür des Palazzo. »Also ich weiß nicht, wie es euch geht, aber ich habe einen Bärenhun…« Er vergaß, den Satz zu beenden, und blieb wie angewurzelt im Flur stehen.

»Was hast du denn, Liebling?«, fragte Tante Florentine verwundert. Dann schlug sie entsetzt die Hände vors Gesicht.

Die drei !!! ahnten nichts Gutes. Schnell folgten sie den Erwachsenen in den Flur. Was für ein Schock! Die Tür zur Cateringfirma stand sperrangelweit offen. Auf dem Boden lagen wild verstreut Küchengeräte, zerbrochene Teller und Papiere, die von verschüttetem Kaffee durchweicht waren.

»Einbrecher!«, flüsterte Marie. Ein Luftzug streifte ihren Nacken. Plötzlich fühlte sie sich bedroht und drehte sich hastig um. Aber da war niemand. Keine Schritte hinter ihr und im ganzen Palazzo war kein Laut zu hören.

Tante Florentine griff nach Onkel Micheles Hand. »Wie … wie konnte das bloß passieren? Wir haben doch überall abgeschlossen. Hast du nicht vorhin noch alle Türen kontrolliert?«

Onkel Michele nickte grimmig. »Ja, das habe ich! Warte, ich seh mir noch mal kurz die Haustür an, vielleicht wurde sie ja aufgebrochen.« Er ging zurück und untersuchte das Schloss. »Das gibt's nicht! Man sieht überhaupt nichts.«
»Darf ich?« Kim zog aus ihrem Rucksack eine Lupe, die sie für alle Fälle immer dabei hatte. Konzentriert beugte sie sich über das Schloss und kam zum selben Ergebnis wie Onkel Michele. »Keine Kratzer, keine Einbruchspuren. Der Einbrecher muss einen Schlüssel gehabt haben.«
»Wer hat außer euch beiden einen Schlüssel zum Palazzo?«, hakte Franzi sofort nach.
Tante Florentine überlegte. »Niemand! Nicht mal die Putzfrau. Einer von uns ist immer da, wenn sie kommt.«
Die drei !!! sahen sich ratlos an. Hatte der Dieb etwa Onkel Michele oder Tante Florentine den Schlüssel aus der Jacke geklaut?
Onkel Michele hatte jetzt erst mal andere Sorgen. »Leute, ich fürchte, wir müssen das Haus von oben bis unten durchkämmen, um herauszufinden, was gestohlen wurde.« Energisch krempelte er die Hemdsärmel hoch.
»Wir helfen euch natürlich«, bot Marie an.
Sie brauchten lange, um alle Räume zu kontrollieren. Am Ende der Suche waren sie noch ratloser als vorher. Der Dieb hatte jede Menge Chaos in den Räumen der Cateringfirma und in den Privaträumen angerichtet. Seltsamerweise hatte er weder Antiquitäten noch sonstige Wertgegenstände gestohlen.
»Das Einzige, was ich vermisse, ist unser Stammbuch«, sagte Tante Florentine. »Ich bin mir ganz sicher, dass ich es im Wohnzimmerregal verstaut hatte, weil ich es mir erst gestern wieder angesehen habe.«
»Das Stammbuch?« Kim konnte sich nicht erklären, warum

ein Dieb ausgerechnet daran Interesse haben sollte. So ein Buch war doch nur für die Familienmitglieder von persönlichem Wert.

»Was wollt ihr jetzt machen?«, fragte Marie. »Wollt ihr die Polizei anrufen?«

Onkel Michele und Tante Florentine zögerten. Dann schüttelten sie gleichzeitig die Köpfe.

»Nein, lieber nicht«, sagte Onkel Michele. »Die machen hier nur viel Wirbel und bringen alles noch mehr durcheinander. Und finden werden sie auch nichts.«

Franzi sah die beiden fragend an. »Dürfen wir dann nach Spuren suchen? Vielleicht entdecken wir ja etwas.«

»Ja, warum nicht?«, sagte Tante Florentine. »Ihr seid wirklich clevere Mädchen. Danke für eure Hilfe!«

Onkel Michele hatte auch nichts dagegen einzuwenden. Das Ehepaar zog sich in die Küche zurück, um gemeinsam das Abendessen vorzubereiten, da Dario und Luca schon in einer Stunde vorbeikommen würden.

Die drei !!! holten aus dem Gästezimmer ihre Detektivausrüstung und machten sich mit Gummihandschuhen, Lupen, Pinzetten und Taschenlampen an die Arbeit. Sie teilten sich die Räume auf und landeten schließlich gemeinsam im Wohnzimmer.

»Hier ist was!«, rief Franzi plötzlich. Sie bückte sich und hob eine Maske vom Boden auf, die halb unter das Sofa gerutscht war.

Schnell rannten Kim und Marie zu ihr hin. »Das ist eine Harlekin-Maske«, flüsterte Marie aufgeregt. »Die müssen wir meiner Tante zeigen.«

Tante Florentine und Onkel Michele hatten die grün-weiße Maske mit dem lachenden roten Mund noch nie gesehen.

Kim zog daraus die einzig logische Schlussfolgerung. »Das be-

deutet, der Einbrecher muss sie verloren haben! Jetzt haben wir wenigstens ein Indiz.«
Die drei !!! verstauten die Harlekin-Maske sorgfältig in einem Plastikbeutel, stellten sie als Beweisstück sicher und trugen sie hinauf ins Gästezimmer. Als sie wieder herunterkamen, stand Dario bereits mit einem Glas Rotwein in der Hand in der Küche.
Marie erkannte den breitschultrigen, etwa fünfzigjährigen Mann mit Vollbart sofort wieder. Auf der Party hatte er den ganzen Abend getanzt. Während der herzlichen Begrüßung fragte sie ihn: »Wo ist Luca? Ich dachte, Sie hätten ihn gleich mitgebracht.«
Dario zog seine buschigen Augenbrauen hoch. »Luca?«
Die Antwort ging im übrigen Geräuschpegel unter, da Onkel Michele ziemlich laut lachte. Marie runzelte die Stirn. Vielleicht hatte Dario den Namen falsch verstanden. Natürlich kannte er Luca.
Alle gingen ins Esszimmer hinüber und Tante Florentine trug eine Terrine mit italienischer Gemüsesuppe auf.
Marie schöpfte sich gedankenverloren Suppe in ihren Teller. Wo steckte Luca bloß? Sonst kam er doch immer extra pünktlich. Kaum hatte sie das gedacht, klingelte es an der Tür.
»Ich geh schon!«, rief Marie. Sie sprintete ins Treppenhaus, rannte hinunter zur Haustür und flog Luca in die Arme.
Er drückte sie zärtlich an sich und flüsterte in ihr Ohr: »Entschuldige! Es ging nicht früher.« Als Entschädigung gab er ihr im Treppenhaus auf jeder Stufe einen Kuss. Marie schwebte wie auf Wolken zurück ins Esszimmer.
»Hallo, da bist du ja endlich, Luca!«, sagte Onkel Michele. »Herzlich willkommen.«
Dario erhob sich von seinem Platz und gab Luca höflich die Hand. »Guten Abend! Freut mich, Sie kennenzulernen.«

»Kennenzulernen?« Onkel Michele sah irritiert zwischen Luca und Dario hin und her. »Aber ihr kennt euch doch längst. Sehr gut sogar. Ihr seid doch gemeinsam zu unserer Party gekommen!«

Jetzt war Dario ziemlich irritiert. »Äh … ich bin allein da gewesen.«

Alle Augen richteten sich fragend auf Luca. Der räusperte sich verlegen, lachte kurz und sagte dann: »Das ist ein Missverständnis! Ich bin mit Francesco zur Party gekommen. Mit deinem Cousin, Michele, erinnerst du dich nicht mehr?«

Onkel Michele kratzte sich am Kinn. »Leider nicht. Ha! Da hat mir doch glatt mein Gedächtnis einen Streich gespielt. Aber nun ist ja alles klar.«

»Setz dich, Luca«, sagte Tante Florentine. »Du bist bestimmt hungrig.«

Das ließ sich Luca nicht zweimal sagen.

Den restlichen Abend wurde nicht mehr über das Missverständnis gesprochen. Marie vergaß den Zwischenfall gleich wieder und genoss in vollen Zügen die kostbare Zeit mit Luca. Franzi tauschte sich mit Onkel Michele über die morgige Regatta aus und hatte tausend Fragen. Kim dagegen beobachtete Luca immer wieder aus den Augenwinkeln. Irgendetwas irritierte sie an ihm. Es war nur ein unbestimmtes Gefühl, das sie nicht richtig einordnen konnte, aber sie wurde es nicht los.

Nach dem Abendessen hatte Kim eine Idee. Sie ließ Marie und Franzi den Vortritt im Bad, setzte sich im Schneidersitz aufs Bett und klappte den Laptop auf. Dann schaute sie sich die Homepage des Fotografen und die Aufnahmen der Party noch mal an. Besonders die Fotos, auf denen Luca abgebildet war, interessierten Kim. Aber alle Bilder mit ihm waren gelöscht!

»Arbeitest du etwa noch für den Detektivclub?« Marie kam gähnend mit Franzi zurück ins Zimmer. »Mach Schluss für heute. Ich will schlafen.«
»Jetzt noch nicht«, sagte Kim energisch. »Das müsst ihr euch ansehen! Sämtliche Fotos von Luca wurden von der Website entfernt.«
»Was?« Sofort war Marie wieder hellwach. »Bedeutet das etwa, unsere tollen Tanzszenen sind auch weg? Und die super Schnappschüsse von mir? Davon wollte ich mir Abzüge machen lassen!«
»Jetzt vergiss mal für eine Sekunde deine Staraufnahmen«, sagte Franzi. Sie rutschte mit Marie neben Kim aufs Bett und starrte nervös auf den Bildschirm. »Seltsam! Warum sollte der Fotograf die Fotos runtergenommen haben? Der will ja ein Geschäft mit den Abzügen machen.« Franzi kam ins Grübeln. »Und was ist mit Luca?«
Kim nickte. »Das ist auch meine Vermutung. Er könnte etwas damit zu tun haben, weil er vielleicht etwas zu vertuschen hat.«
Marie rückte ein Stück von ihren Freundinnen weg. Ihre Augen funkelten zornig. »Das meint ihr jetzt nicht ernst! Ihr habt Luca in Verdacht? Seid ihr verrückt?«
»Nein«, sagte Kim ruhig. »Franzi und ich haben nur nüchtern die Fakten dieses Falls analysiert. Luca hat sich heute zweimal ziemlich merkwürdig benommen. Erinnert ihr euch an das Gespräch über die Polizeiuniformen? Und heute beim Abendessen, als er plötzlich erklärte, er sei gar nicht mit Dario, sondern mit Francesco zur Party gekommen? Letztes Mal hatte er noch das Gegenteil behauptet.«
»Ja, das stimmt!«, rief Franzi.
Marie tippte sich mit dem Zeigefinger an die Stirn. »Ihr seid wirklich total verrückt, alle beide! Diesen Quatsch höre ich

mir nicht länger an. Was soll Luca damit zu tun haben? Die Taschendiebe haben doch meinen Ring, das habt ihr mit eigenen Augen gesehen!«

Wütend holte sich Marie Ohrstöpsel aus ihrem Nachttisch und ging ins Bett, ohne Kim und Franzi Gute Nacht zu sagen. Sie machte die Augen zu und versuchte alles auszublenden. Es ging nicht. Auf einmal war die Angst da. Die unsinnige Angst davor, dass Kim und Franzi recht haben könnten. Und die fast noch schlimmere Angst vor morgen Abend, wenn ihr Vater sie vom Flughafen abholen würde. Seine traurigen Augen, wenn er erfuhr, dass sie den Ring verloren hatte.

Geheimnisvolle Harlekine

Marie setzte ihre dunkle Sonnenbrille auf. Alles hätte so schön sein können. Die Sonne schien. Das Wasser im Hafen von San Nicolò plätscherte leise vor sich hin. Eine frische Brise erreichte die Zuschauertribünen und die drei !!! hatten tolle Plätze am Lido. Gleich würden die festlich geschmückten Ruderboote auftauchen und der Bürgermeister den goldenen Ring ins Meer werfen. Und genau da lag das Problem: Marie konnte die Zeremonie nicht genießen, weil sie dauernd an ihren eigenen Ring denken musste.
»Was machst du denn für ein Gesicht?«, fragte Tante Florentine. »Bist du traurig, weil Luca nicht hier sein kann?«
Marie wurde rot. »Ja, ein bisschen schon«, gestand sie und warf Kim und Franzi dabei einen strafenden Blick zu. Sie konnten den beiden ihre haarsträubenden Behauptungen von gestern nicht verzeihen und ihre Freundinnen hatten sich ihrerseits auch noch nicht dafür entschuldigt. Entsprechend frostig war die Stimmung zwischen den Detektivinnen.
Tante Florentine drückte Marie kurz an sich. »Du musst nicht mehr lange durchhalten! Spätestens bei der Regatta stoßen Luca und Onkel Michele ja zu uns.«
»Ich weiß«, sagte Marie und versuchte, ein Lächeln in ihr Gesicht zu zaubern.
Luca und Onkel Michele waren zu Hause im Palazzo geblieben. Alle Angestellten arbeiteten seit dem frühen Morgen auf Hochtouren, um rechtzeitig die *cicchetti* für das anschließende private Fest fertigzustellen. Marie war nicht nach feiern zumute. Wenn es nach ihr gegangen wäre, hätte sie das Fest am liebsten abgeblasen. Sie hatte sich heute regelrecht dazu zwingen müssen, etwas Hübsches anzuziehen. Dabei stand ihr das

weiße Fünfziger-Jahre-Kleid mit den dunkelblauen Tupfen ausgezeichnet.
»Hast du eigentlich unsere Masken dabei?«, wollte Franzi plötzlich wissen. Die drei !!! hatten gleich nach dem Kauf der Karnevalsmasken ausgemacht, dass sie die Masken wenigstens einmal in Venedig tragen mussten, auch wenn gerade keine Karnevalszeit war. Und was bot sich besser dafür an als die heutige *Festa della Sensa*?
»Klar«, antwortete Marie einsilbig und zeigte auf ihren dunkelblauen XXL-Shopper.
»Ich freu mich schon darauf, die Masken später beim Bummel über den Trödelmarkt aufzusetzen.« Kim lächelte. »Du bekommst natürlich die schönste Maske, Marie. Die mit dem violetten Federschmuck.«
Es war ihre Art, eine Versöhnung anzubahnen, aber Marie war noch nicht soweit. Deshalb nickte sie nur stumm und verfolgte interessiert den Konvoi der Ruderboote, die jetzt langsam näher kamen.
Auf den Zuschauertribünen brach lauter Jubel aus. Alle standen auf und winkten dem Bürgermeister zu, der im ersten Boot, das besonders schön geschmückt war, die Hafenöffnung von San Nicolò erreichte. Huldvoll hob der Bürgermeister die Hand und grüßte zurück. Eine Gruppe von Trompetenspielern, die von einem Trommler begleitet wurden, setzten ihre Instrumente an. Eine feierliche Fanfare erfüllte die Lagune.
Kurz darauf stoppten die Boote. Die Musik verstummte und der Bürgermeister sprach ein paar Worte. Dann holte er weit aus und warf den goldenen Ring ins Meer.
Die Zuschauer klatschten begeistert. Auch Marie wurde von der allgemeinen Freude mitgerissen. Sie stand auf und applaudierte gemeinsam mit Tante Florentine, Kim und Franzi.

»Jetzt müssen wir uns aber beeilen«, sagte Tante Florentine. »Lasst uns schon mal zur Kirche San Nicolò gehen, damit wir die Messe nicht verpassen.«
In der voll besetzten Kirche, die bereits vor dem Gottesdienst nach Weihrauch duftete, bekam Marie plötzlich einen Kloß im Hals. Die feierliche Atmosphäre, die Kerzen und die vielen Menschen rührten sie. Manche knieten und beteten mit geschlossenen Augen. Marie selbst war nie besonders gläubig gewesen. Doch jetzt ertappte sie sich auf einmal dabei, dass sie sich wünschte, sie könnte beten und ganz fest daran glauben, dass ihre Wünsche in Erfüllung gingen. Eigentlich waren es doch nur zwei kleine Wünsche: dass sie ihren Ring zurückbekam und dass Luca mit dem Diebstahl nichts zu tun hatte.
Die Messe rauschte an Marie vorbei, ohne dass sie die Einzelheiten der Zeremonie mitbekam. Schon strömten die Menschen zum Ausgang. Die drei !!! und Tante Florentine ließen sich von der Menge hinaus ins Freie schieben.
Vor der Kirche herrschte lebhaftes Treiben. An bunten Buden und überbordenden Klapptischen wurden alle möglichen Arten von Trödel angeboten: Bücher, Kleider, Schmuck, Geschirr und natürlich die typischen Venedig-Souvenirs. Tante Florentine blieb am Tisch einer Freundin hängen und wünschte den Mädchen viel Spaß beim Stöbern. Sie verabredeten einen Treffpunkt für die Regatta und verabschiedeten sich.
Kim stieß einen Freudenschrei aus. »Ich liebe Flohmärkte! Kommt, lasst uns die Masken aufsetzen!«
Marie kramte in ihrer großen Tasche und verteilte die Masken. Dann gab sie sich einen Ruck und fragte: »Sind wir wieder Freunde?«
Statt eine Antwort zu geben, umarmte Kim Marie und Franzi lachte. »Natürlich! Wir wollten dich gestern nicht verletzen, das musst du uns glauben.«

»Ich weiß.« Marie fiel ein Stein vom Herzen. Erst jetzt merkte sie, wie sehr sie die angespannte Stimmung bedrückt hatte. Dabei hatten Kim und Franzi ja nur Vermutungen ausgesprochen, die sich garantiert nicht bewahrheiten würden.
Kichernd setzten sich die Detektivinnen die Masken auf. Franzi sah mit ihrer Vogelmaske am unheimlichsten aus. Kim bekam durch ihre goldene Maske eine unnahbare, geheimnisvolle Aura. Und Marie wirkte mit ihren violetten Federn wie ein schillerndes Wesen aus 1001er Nacht.
Die drei !!! mischten sich unter die Leute. Ein paar drehten sich amüsiert nach ihnen um und zeigten auf die Masken. Aber die meisten beachteten sie nicht weiter. Das Gedränge war einfach viel zu groß.
»Da drüben gibt es Ohrringe aus Glas!«, rief Marie entzückt. »Die muss ich anprobieren.« Sie steuerte auf einen Schmuckstand zu und ließ sich von der Verkäuferin ein besonders schönes Paar in Tropfenform geben. »Stehen sie mir?«, fragte sie Kim und Franzi.
»Ja, du siehst super aus!«, sagte Kim.
Marie kaufte die Ohrringe, ohne um den Preis zu feilschen. Sie behielt den Schmuck gleich an. Das leise Klimpern an ihren Ohren tröstete sie ein wenig über den Ring hinweg, den sie heute besonders stark vermisste.
Die Detektivinnen gingen weiter. Bei einer Bude mit Geschirr kauften sie sich drei Henkeltassen mit Venedig-Schriftzug, die sie zu Hause im Hauptquartier des Detektivclubs benutzen wollten. Danach holten sie sich eine Tüte mit weißen Schokolinsen und knabberten gemeinsam davon. Kurz darauf blieb Franzi an einem Tisch mit Sportartikeln hängen. Sie begutachtete ein paar Stirnbänder und achtete nicht darauf, dass Kim und Marie bereits weiterschlenderten. Es war jedoch kein Stirnband dabei, das ihr richtig gut gefiel. Franzi sprinte-

te los, um den Vorsprung ihrer Freundinnen einzuholen. Plötzlich entdeckte sie mitten in der Menschenmenge zwei Männer mit Harlekin-Masken. Die Männer verschwanden sehr schnell wieder aus ihrem Blickwinkel. Trotzdem war Franzi sofort aufgefallen, dass die Masken dem Beweisstück aus dem Palazzo stark ähnelten. Sie waren auch grün-weiß und hatten lachende rote Münder.
Atemlos erreichte Franzi ihre Freundinnen. »Ich glaube, ich hab gerade die Einbrecher gesehen oder zwei Komplizen. Sie trugen genau dieselben komischen Harlekin-Masken!«
»Wo hast du sie gesehen?« Marie reckte suchend den Kopf.
»Bei einem Bücherstand«, berichtete Franzi. »Aber da sind sie natürlich längst nicht mehr. In dem Gewühl haben wir keine Chance, sie zu finden.«
Kims Augen funkelten entschlossen. »Wir müssen es trotzdem versuchen. Am besten teilen wir uns auf. Franzi und ich suchen die Buden an der Kirchenmauer ab, Marie übernimmt die Reihe daneben. In zehn Minuten treffen wir uns wieder am Haupteingang der Kirche.«
»Einverstanden«, sagte Marie und Franzi nickte.
Die drei !!! schwärmten aus. Kim und Franzi durchkämmten Meter für Meter ihr Areal. Kein Mensch außer ihnen und den beiden Verdächtigen trug Masken. Die Harlekine mussten doch auffallen! Sie fragten sogar ein paar Händler, ob sie jemanden mit einer Harlekin-Maske gesehen hatten. Niemand wusste etwas. Enttäuscht kehrten Kim und Franzi zum Haupteingang der Kirche zurück. Sie waren auf die Minute pünktlich, aber Marie war noch nicht da. Eine Viertelstunde warteten sie ungeduldig.
»Das ist wieder mal typisch Marie!«, stöhnte Kim. »Immer muss sie zu spät kommen.«
Franzi zuckte mit den Schultern. »Hoffentlich hat sie diesmal

einen guten Grund und nicht wieder eine Ausrede von wegen, sie hat noch ein Paar Ohrringe gefunden, denen sie nicht widerstehen konnte.«

»Franzi?« Kims Stimme klang plötzlich seltsam dünn. »Sieh mal, da drüben!« Sie zeigte mit zitterndem Finger auf eine Pfütze neben einer Mülltonne.

Jetzt sah Franzi es auch. In der Pfütze lag eine Maske mit violettem Federschmuck. Maries Maske. Franzi lief ein eiskalter Schauer den Rücken hinunter. »Marie würde ihre Maske niemals wegwerfen. Jemand muss sie ihr vom Kopf gerissen haben!«

Kim wurde so blass wie die Schokolinsen in der Tüte, die sie krampfhaft in der Hand hielt. »Ich glaube, Marie … sie wurde … sie wurde entführt!«, stammelte Kim.

Hände hoch!

»Und ihr Handy ist ausgeschaltet.« Kim hatte nach der ersten Schrecksekunde sofort Maries Nummer gewählt, aber nur die Mailbox-Ansage erreicht.
»Das Handy macht sie doch nicht freiwillig aus! Wir brauchen Verstärkung«, sagte Franzi. »Wir müssen sofort zum Palazzo und Onkel Michele um Hilfe bitten!« Franzi bückte sich, hob die Federmaske auf und verstaute sie in einer Plastiktüte in ihrem Rucksack.
Kim warf kurz entschlossen die restlichen Schokolinsen in den nächsten Mülleimer. »Ich schicke Tante Florentine nur noch schnell eine SMS, damit sie Bescheid weiß.«
Nachdem Kim die SMS abgeschickt hatte, boxten sich Kim und Franzi durch die Menschenmenge und rannten hinüber zur Anlegestelle mit den Wassertaxis.
»Schnell!«, rief Franzi. »Wir müssen nach Dorsoduro.«
Der Taxifahrer ließ knatternd den Motor an. »*Si, si*! Habe verstanden.« Geschickt schlängelte er sich zwischen den vielen Booten am Hafen hindurch. Und sobald er freie Bahn hatte, brauste er in einem Affenzahn durch die Lagune.
Kim und Franzi dauerte die Fahrt trotzdem viel zu lange. Kim machte sich schreckliche Vorwürfe. Wenn sie zu dritt zusammengeblieben wären, wäre das alles nicht passiert. In Kims Gedankenkarussell rotierten abwechselnd zwei Sätze: Hoffentlich geht es Marie gut! Hoffentlich ist sie nicht verletzt!
Endlich erreichten sie die Anlegestelle in Dorsoduro. Franzi gab dem Taxifahrer viel zu viel Trinkgeld und sprang mit Kim aus dem Boot. Dann hetzten sie durch die Gassen. Atemlos erreichten sie den Palazzo. Die Haustür stand offen, worüber sie sich zunächst nicht wunderten. Vielleicht wurden

gerade neue Lebensmittel für die Cateringfirma angeliefert. Die Detektivinnen stürmten die Großküche. Überrascht sahen die Köche von ihren Töpfen und Pfannen hoch.
»Onkel Michele!«, rief Kim. »Wir suchen Michele.«
Der Chefkoch zeigte mit dem Kochlöffel zur Decke. »Der Chef ist oben. Es hat an der Tür geklingelt und er ist mit den Besuchern hinaufgegangen.«
Kim und Franzi warfen sich einen verwunderten Blick zu. Welche Besucher? Onkel Michele und Tante Florentine hatten die Gäste für das Fest erst für den Nachmittag eingeladen.
»Danke«, sagte Franzi.
Die Mädchen machten kehrt, liefen ins Treppenhaus und hetzten die Treppe hoch. Im Flur im ersten Stock hörten sie halblaute Stimmen, die aus dem Wohnzimmer kamen.
Kim riss die Tür auf. »Onkel Michele, wir müssen dringend mit dir reden. Es ist …«
Weiter kam sie nicht, weil ein Mann mit einer grün-weißen Harlekin-Maske auf dem Kopf sie unterbrach: »Ach, die kleinen frechen Krabben vom Schiff! Herzlich willkommen. Ihr habt uns gerade noch gefehlt.« Er winkte die Detektivinnen mit einem breiten Grinsen herein und lüftete seine Maske.
Der Mann war der pockennarbige Typ vom *Vaporetto* und aus dem Schmuckladen! Neben ihm an der Wand lehnte lässig sein glatzköpfiger Komplize, der seine Harlekin-Maske bereits abgenommen hatte und mit beiden Armen Marie festhielt. Marie wehrte sich mit Händen und Füßen, aber der Entführer war stärker als sie.
Franzi ballte ihre Fäuste. »Lassen Sie unsere Freundin sofort los!«
Hinter ihrem Rücken räusperte sich jemand. »Das geht leider nicht, fürchte ich.«
Kim und Franzi fuhren blitzschnell herum. Der Junge, der

sich gerade zu Wort gemeldet hatte, war Luca! Neben ihm stand Onkel Michele mit purer Verzweiflung in den Augen. Kim unterdrückte ihre Panik und fragte so ruhig wie möglich: »Luca, was wird hier gespielt? Du steckst doch nicht etwa mit diesen Taschendieben unter einer Decke?« Sie wünschte sich nichts sehnlicher, als dass Luca lachend protestieren würde. Aber er blieb todernst, antwortete nicht auf die Frage und schaute nur beschämt zu Boden. Kim hatte den Nagel auf den Kopf getroffen: Er und die Taschendiebe waren Komplizen!
Als Franzi auf die Wand hinter Luca und Onkel Michele starrte, fiel ihr plötzlich auf, dass ein Gemälde fehlte. Die venezianische Landschaft im Goldrahmen lehnte auf dem Sofa. Das Gemälde hatte einen schwarzen Kasten verborgen, der nun zum Vorschein kam: ein verschlossener Tresor.
Die Detektivinnen mussten nur noch eins und eins zusammenzählen, dann wussten sie von selbst, was hier gespielt wurde: Luca und die Taschendiebe wollten den Tresor ausrauben und hatten Marie als Geisel genommen!
»Ich warte immer noch«, sagte der pockennarbige Mann zu Onkel Michele und trommelte ungeduldig mit den Fingern auf der Sofalehne. »Los, spuck schon endlich die Zahlenkombination aus! Du willst doch nicht, dass deine kleine Nichte noch mehr blaue Flecken bekommt, oder?« Er nickte seinem glatzköpfigen Komplizen zu, der seinen Schraubstockgriff prompt verstärkte.
Marie gab keinen Laut von sich, obwohl ihr der Typ garantiert Schmerzen zufügte. Kim suchte hinter sich einen Halt an der eiskalten Mauer des offenen Kamins. Ihr traten Tränen in die Augen. Sie konnte nicht mit ansehen, wie ihre Freundin litt.
Franzi spürte vor allem eine unglaubliche Wut im Bauch. Diese miesen Taschendiebe hatten nicht das Recht, hier ein-

fach hereinzuspazieren und Geiselnahme zu spielen. Von Luca ganz zu schweigen, der Marie die große Liebe vorgeschwindelt und sie in Wahrheit nur benutzt hatte, um an die Kohle ihres Onkel heranzukommen.

Während Franzi fieberhaft überlegte, wie sie Marie retten könnte, kaute Onkel Michele auf seiner Unterlippe herum. Schließlich seufzte er resigniert. »Gut, ihr habt gewonnen. Luca, du hast mein Vertrauen missbraucht und ich will dich nie wieder sehen. Sobald ich euch die Zahlenkombination verraten habe, nehmt ihr, was im Tresor ist, und Marie wird sofort freigelassen. Dann verschwindet ihr.« Er holte tief Luft. »Also, die Zahlenkombination ist …«

»Warte, Onkel Michele!«, fiel Franzi ihm ins Wort. »Tante Florentine hat die Kombination heute Morgen kurzfristig geändert. Sie wollte nach dem Einbruch auf Nummer sicher gehen. Die Zahlen stehen hier auf der Innenseite dieser Maske.« Franzi bückte sich und ließ die Tüte mit Maries Federmaske zur Hälfte aus ihrem Rucksack herausschauen.

»Her damit! Die Zahlen!«, blaffte der glatzköpfige Typ sie an. Franzi verschränkte lächelnd die Arme vor der Brust. »Nö, keine Lust. Ihr müsst euch die Maske schon selber holen. Aber ich warne euch. In meinem Rucksack steckt auch noch eine alte venezianische Pistole. Und die ist geladen.«

»Du lügst doch wie gedruckt!«, sagte der pockennarbige Typ besonders laut, um seine Unsicherheit zu überspielen.

»Meine Freundin sagt die Wahrheit.« Kim sah erst den beiden Taschendieben und danach Luca direkt in die Augen. »Die Pistole stammt aus dem Familienbesitz von Onkel Michele. Er hat uns in den letzten Tagen beigebracht, wie man schießt. Und wir haben uns gar nicht so dumm dabei angestellt, nicht wahr?«

Onkel Michele polterte mit seinem dröhnenden Lachen los.

»Kann man wohl sagen. Jeder Schuss ein Treffer!«
Der Pockennarbige sah Hilfe suchend zu seinem Komplizen hinüber.
Der Glatzkopf zuckte unbeeindruckt mit den Schultern. »Einer von euch holt jetzt die Maske«, sagte er leise. Seine Stimme hatte einen drohenden Unterton, der seine Wirkung bei den beiden nicht verfehlte.
»Geh du!«, zischte der pockennarbige Typ nervös.
»Nein, du! Ich hab euch doch gesagt, dass ich mit dem Ganzen hier nichts zu tun haben will«, sagte Luca.
»Geh schon!«
Die beiden gerieten so in Streit, dass sie sich gegenseitig anschrien und wütend zu raufen begannen.
»Hört auf damit! Auseinander!«, befahl der Glatzkopf, aber da war es schon zu spät. Er hatte Marie für einen kurzen Augenblick losgelassen, um die beiden Streithähne zu trennen. Blitzschnell schossen Kim und Franzi auf die Taschendiebe zu, schubsten sie zur Seite, packten Marie und brachten sie zum offenen Kamin. Sie schoben ihre Freundin hinein und stellten sich schützend vor sie. Plötzlich war Onkel Michele an ihrer Seite. Er schnappte sich Kims Rucksack und gab den beiden Mädchen eine Schaufel und eine Zange aus dem Kaminbesteckständer in die Hand. Drohend erhoben sie gleichzeitig ihre Waffen und Michele tat so, als ob er gleich die Pistole aus dem Rucksack holen würde.
»Wagt bloß nicht, auch nur einen Schritt näher zu kommen!«, knurrte Onkel Michele. »Sonst kann ich für nichts garantieren.«
»Was sollen wir jetzt machen?«, fragte der Pockennarbige mit zitternder Stimme.
Der Glatzkopf zögerte nur zwei Sekunden. Dann zischte er: »Abflug!«
Die Taschendiebe stimmten ein lautes Gebrüll an. Dann war-

fen sie drei Stühle um, schleuderten sie den Detektivinnen und Onkel Michele vor die Füße und rannten wie ein geölter Blitz aus dem Wohnzimmer. Luca folgte ihnen auf den Fersen, nachdem er vorher noch erfolgreich eine Stehlampe zum Kippen gebracht hatte.
»Mist, Mist, Mist!«, schimpfte Marie und verscheuchte damit die Panik, die immer noch in ihren Knochen steckte.
Zum Glück war bei der Aktion niemand verletzt worden, aber die drei !!! und Onkel Michele verloren kostbare Zeit, bis sie die Möbel aus dem Weg geräumt hatten und endlich die Verfolgung aufnehmen konnten.
Auf der Treppe rief Onkel Michele ihnen zu: »Ich glaube, ich weiß, wo die Kerle hinwollen. Am Ende unserer Gasse ist ein leerer Speicher. Von dem haben sie vorhin geredet. Kim, Marie, nehmt ihr den Landweg. Ich steige mit Franzi in mein Boot. So können wir sie umzingeln.«
»Genialer Plan!«, sagte Franzi.
Onkel Michele rief noch schnell die Polizei an. Im Laufen gab er seine Meldung durch, nannte den Speicher und den Namen der Gasse und legte auf.
»Schneller, Kim!« Marie drehte sich hektisch winkend um.
»Ich komme!«, rief Kim. Und plötzlich wuchsen ihr Flügel. Sie holte Marie im Blitztempo ein. Gemeinsam rannten sie die Gasse hinunter. Am Ende wurde sie immer schmaler und dunkler, aber diesmal hatten die Detektivinnen keine Angst.
Vor ihnen hörten sie eilige Schritte, die irgendwann stoppten. Jetzt sahen sie die Taschendiebe. Sie standen einen Augenblick unschlüssig vor einem großen Speichergebäude. Dann gingen sie auf den Eingang zu.
»Halt, stehen bleiben!«, rief Marie. Sie zog einen länglichen schwarzen Gegenstand aus ihrer Jackentasche und richtete ihn auf die Verbrecher. »Wir sind bewaffnet.«

Luca und seine Komplizen drehten sich zögernd um.
»Hände hoch!«, befahl Marie und fuchtelte mit ihrem länglichen schwarzen Schminktäschchen herum, damit niemand auf die Idee kam, es könnte keine Pistole sein.
»Langsam, langsam!«, versuchte Luca sie zu beschwichtigen. »Tu das nicht, *cara mia.* Du wirst es hinterher bereuen, wenn du auf mich schießt. Ich liebe dich doch.«
Marie schüttelte den Kopf. »Und ich hasse dich! Jetzt nimm sofort deine Hände hoch.«
Luca gehorchte und weil er es tat, machten es seine Komplizen ihm nach. Doch plötzlich stürmten alle drei die Scheune. Marie und Kim rannten hinterher. Und dann passierte alles auf einmal: Ein Bootsmotor knatterte. Onkel Michele und Franzi sprangen aus dem Boot und rissen die Eingangstür der Scheune zur Kanalseite auf. Luca und die Taschendiebe liefen ihnen direkt in die Arme. Kim und Marie schnitten den Fluchtweg nach hinten ab. Eine Polizeisirene schrillte. Zehn Sekunden später schnappten klirrend drei Handschellen zu.
Luca sah Marie mit einem Blick an, der Steine zum Erweichen bringen konnte. »Bitte, Marie! Du musst dich bei der Polizei für mich einsetzen. Ich bin völlig unschuldig in diese Sache reingerutscht.«
Es kostete Marie fast unmenschliche Kraft, aber sie schaffte es. »Nein«, sagte sie traurig zu Luca. »Das Spiel ist aus.«

Detektivtagebuch von Kim Jülich
Sonntag, 20:09 Uhr
Ich sitze mit Marie und Franzi im Flieger. Venedig liegt weit hinter uns und wir überqueren gerade die Alpen. Ich bin immer noch ganz zittrig. Das war der mit Abstand aufreibendste Fall, den ich je erlebt habe. Vor allem haben wir es noch nie mit so einem fiesen Verbrecher zu tun gehabt. Luca hat Marie das Herz

gebrochen und allein dafür müsste er drei Jahre extra Gefängnis aufgebrummt bekommen!
Wenigstens hat er gleich bei der Festnahme ein umfassendes Geständnis ablegt und ohne Widerstand Maries Ring zurückgegeben. Der Ring war ihm bereits auf dem Vaporetto *aufgefallen. Er wollte ihn gerade stehlen, als wir seinen Komplizen einen Strich durch die Rechnung gemacht haben. Aus Wut ist Luca uns zum Palazzo gefolgt und hat dort von der abendlichen Party gehört. Luca wollte sich unbedingt an uns rächen, da wir seine Tour vermasselt hatten, Maries Ring doch noch stehlen und herausfinden, ob es im Palazzo noch mehr zu holen gab. Am Abend hat er sich einfach unbemerkt Dario Testa angeschlossen und kam so problemlos auf die Party. Der Flirt mit Marie war natürlich geplant und bei der Abschiedsumarmung konnte er ihr den Ring unbemerkt vom Finger ziehen. Alles Weitere sollte uns auf die falsche Spur locken und ihn als Helden erscheinen lassen. Der Besuch im angeblichen »Präsidium« war nur ein mieses Schauspiel mit Freunden von ihm gewesen und die Aktion im Schmuckladen genauso. Damit man ihm nicht so leicht auf die Schliche kommen konnte, hatte er noch veranlasst, dass die Fotos von ihm auf der Party von der Homepage des Fotografen genommen wurden.*
Was Luca nämlich nicht geplant hatte: Er hatte sich nach der Party tatsächlich in Marie verliebt, aber da war es schon zu spät, um ihr die Wahrheit über sein Leben als Dieb zu erzählen. Er hatte zu dem Zeitpunkt seinen Komplizen bereits vom Tresor im Wohnzimmer des Palazzo berichtet. Sie haben ihn daraufhin unter Druck gesetzt. Und er brauchte dringend Geld, weil er große Schulden aufgehäuft hatte. Ab da setzte er alles daran, den Tresor zu knacken.
Er ist am Freitagabend Onkel Michele nachgeschlichen, der die Tageseinnahmen der Cateringfirma in den Tresor bringen wollte.

Luca wollte ihn mit seiner Videokamera dabei filmen, wie er die Zahlenkombination eingab. Sein Pech, dass er vorher auf der Treppe gestolpert ist. Später hat er Onkel Michele und Tante Florentine nach dem Hochzeitstag und den Geburtstagen ausgefragt, weil er eine der persönlichen Zahlen als Code des Tresors vermutete. Aus demselben Grund hat er unbemerkt Micheles Haustürschlüssel nachmachen lassen, ist eingebrochen und hat das Stammbuch gestohlen. Bei der Gelegenheit hat er auch versucht, den Tresor zu öffnen. Aber es ist ihm nicht gelungen. Schließlich griff er zum letzten Mittel: der Entführung und Geiselnahme.

Arme Marie! Sie tut mir so leid. Sie sitzt heulend neben mir und kann es einfach nicht fassen, was Luca ihr angetan hat. Und dann muss sie auch noch den Schock der Geiselnahme verarbeiten. Franzi und ich tun natürlich alles, um sie zu trösten. Wir haben ihr gesagt, dass sie den fiesen Luca aus ihrem Gedächtnis streichen und ab sofort nur noch an Holger denken soll. Der wird sie garantiert nie enttäuschen. Marie hat kurz gelächelt, dann aber gleich weitergeheult.

Jetzt muss ich leider aufhören zu schreiben. Marie braucht neue Taschentücher und eine extra dicke Umarmung von mir. Und danach müssen wir dringend auf unseren erfolgreich gelösten Fall anstoßen!

Clevere Girls knacken jeden Fall!

Die drei !!!

1 Die Handy-Falle
ISBN 978-3-440-10605-1

2 Betrug beim Casting
ISBN 978-3-440-10606-8

3 Gefährlicher Chat
ISBN 978-3-440-10607-5

4 Gefahr im Fitness-Studio
ISBN 978-3-440-10608-2

5 Tatort Paris
ISBN 978-3-440-10752-2

6 Skandal auf Sendung
ISBN 978-3-440-10753-9

7 Skaterfieber
ISBN 978-3-440-10904-5

8 Vorsicht, Strandhaie!
ISBN 978-3-440-10903-8

9 Im Bann des Tarots
ISBN 978-3-440-11152-9

10 Tanz der Hexen
ISBN 978-3-440-11153-6

11 Kuss-Alarm
ISBN 978-3-440-11418-6

12 Popstar in Not
ISBN 978-3-440-11424-7

13 Gefahr im Reitstall
ISBN 978-3-440-11425-4

14 Spuk am See
ISBN 978-3-440-11572-5

15 Duell der Topmodels
ISBN 978-3-440-11573-2

16 Total verknallt!
ISBN 978-3-440-11797-2

17 Gefährliche Fracht
ISBN 978-3-440-11873-3

18 VIP-Alarm
ISBN 978-3-440-11872-6

19 Teuflisches Handy
ISBN 978-3-440-12113-9

20 Beutejagd am Geistersee
ISBN 978-3-440-12114-6

21 Skandal auf der Rennbahn
ISBN 978-3-440-12000-2

22 Jagd im Untergrund
ISBN 978-3-440-12205-1

23 Undercover im Netz
ISBN 978-3-440-12200-6

24 Fußballstar in Gefahr
ISBN 978-3-440-12204-4

25 Herzklopfen!
ISBN 978-3-440-12259-4

26 Tatort Filmset
ISBN 978-3-440-11923-5

27 Vampire in der Nacht
ISBN 978-3-440-12132-0

28 Achtung, Promihochzeit!
ISBN 978-3-440-12133-7

29 Panik im Freizeitpark
ISBN 978-3-440-12135-1

30 Falsches Spiel im Internat
ISBN 978-3-440-12134-4

31 Betrug in den Charts
ISBN 978-3-440-12650-9

32 Party des Grauens
ISBN 978-3-440-12651-6

33 Küsse im Schnee
ISBN 978-3-440-12652-3

34 Brandgefährlich!
ISBN 978-3-440-12654-7

35 Diebe in der Lagune
ISBN 978-3-440-12656-1

36 SOS per GPS
ISBN 978-3-440-12653-0

Jeder Band mit 128 Seiten, je €/D 7,95;
Band 11, 16, 25 und 33 mit 144 Seiten, je €/D 9,95

Preisänderung vorbehalten

kosmos.de **diedreiausrufezeichen.de**